クギ
kugi
会いできました！
突然現れた巫女が、ヒロの心に
直接親愛の情を伝えてきて……？

ヒロ
hiro
エルマ
elma
目覚めたら最強装備と宇宙船持ちだったので、
一戸建て目指して傭兵として自由に生きたい
11

リュート

ill. 鍋島テツヒロ

目覚めたら最強装備と宇宙船持ちだったので、一戸建て目指して傭兵として自由に生きたい 11

口絵・本文イラスト
鍋島 テツヒロ

装丁
coil

CONTENTS

LOREM IPSUM DO

SIT AMET,
CONSECTETUR [OPTIONAL]
ELIT.

[EXPOSURE FOR
VALUE QUALITY]
[VV35333
SUSPENDISSE VE

プロローグ

ぐにゅり、と何かに頬を押されて目が覚めた。

見開いた目に飛び込んでくるのは、そろそろ見慣れてきた天井。ブラックロータスに用意した俺の寝室の天井だ。両脇に感じる体温は……ああ、そういえば昨日はティーナとウィスカの二人と一緒に寝たんだっけ。ということは、この今も頬を押し続けている何かはきっと姉妹のどちらかの手足か何かだろう。

両隣で寝ている二人を起こさないように気をつけつつ、俺の頬を押しているものを手で掴《つか》む。

「……足？」

俺の頬を押していたのは小さな足だった。ふむ、小さいけど意外とぷにぷにはしていないな。やっぱ立ち仕事だからかね？　しかし寝相の悪い……これはティーナの足か？

「んん……起きたん？」

と思っていたら、足があるのと反対の方向からティーナの声が聞こえてきた。視線を向けると、寝ぼけ眼のティーナがもぞもぞと動いて俺の腕に頭を乗っけているところであった。ということは、この寝相の悪い足は――。

「あし……ウィーは寝相悪いんよな」

「悪いってレベルじゃねぇぞ」

何をどうやったら寝ている間に頭の位置と足の位置が逆になるんだ。ウィスカは常識人枠に見えてたまに変なことするよな。

「寝相の悪いウィーはほっといて。おはようさん、兄さん」

「おはよう、ティーナ」

枕にされている二の腕は動かせないので、肘《ひじ》から先を曲げて指先でティーナの髪の毛に触れる。うん、ギリギリ。ギリギリ頭は撫《な》でられない。指先が髪に掠《かす》るくらい。

「んもー、しゃあないなぁ」

ニヤニヤしながらティーナが俺の腕の付け根あたりに頬を擦《こす》り付けてくる。猫か何かかな？　まぁ可愛《かわい》いのでヨシ。さて、起きるかね。

☆★☆

「ああもう、恥ずかしい……」

「あれがありのままのウィーってことやね」

「お姉ちゃん……」

ブラックロータスの食堂。共に並んで席に着いたウィスカが姉のティーナに恨めしげな視線を向ける。二人は朝食のメニューも同じみたいだな。本当に仲の良い姉妹だ。

「朝からテンション高いわねー」

そんな二人をエルマが俺の隣から眺めている。昨夜深酒でもしたのか、テンションがとても低い。珍しく朝食のメニューも軽いので、本当に調子が悪いのかもしれない。いつもは朝からステーキっぽいものと潰《つぶ》した芋っぽいものをもりもりと食ってたりするんだが。

「エルマさん、大丈夫ですか？」

俺を挟んで反対側に座ったミミがエルマに心配そうに声をかけている。彼女の朝食メニューはいつもと変わらず、甘いお粥《かゆ》みたいな食事だ。料理の名前を聞いたことがあるが、聞き慣れない名前ですぐに忘れてしまった。キュケなんとかって言ってた気がする。

「朝からそんなに調子悪そうなの珍しいな」

「それが昨日空けたお酒の質が悪くてねー？　捨てるのも勿体《もったい》ないし、我慢して飲んだんだけど悪酔いした上に二日酔いまで……あー、あたまいたい」

「メシ食ったらメディカルベイに行ってこいよ？」

「んー……」

適当な返事をしながらエルマが俺に寄りかかってくる。返事も億劫《おっくう》になるくらいしんどいのか？　これはさっさとメシを片付けてメディカルベイに連れてってやったほうが良いかな。

「質の悪い酒、なぁ？」

食堂の広いテーブルの反対側に座っているティーナがニヤニヤしながらエルマに視線を向けている。ウィスカもなんだか微笑《ほほえ》ましいものを見るような視線をエルマに向けているな。

「……なによぉ」

「別にぃ？　なんでもあらへんよぉ？」

「メディカルベイに行くのも良いですけど、食事を終えたらお兄さんと一緒に休憩スペースでゆっくりするのも良いと思いますよ。安静にしてて治るならそれが一番ですから」

ニヤニヤしているティーナにエルマが噛《か》みつきかけるが、それをウィスカがフォローして宥《なだ》める。

ふむ、俺もニブチンではないのでなんとなく察した。ここは気付いていないふりをしてエルマを甘やかせば良いところだな？

「それじゃあ俺もエルマと一緒にのんびりするかね」

「私はクリシュナのコックピットでシミュレーターを使って訓練をしてますね」

「うちらは会社に提出するための資料作りやな」

「そうだね」

ミミはオペレーターとしての勉強も一通り終えたということで、次はサブパイロットとしての勉強を始めている。サブパイロットに関してはテキストでの勉強も大事なんだろうが、それ以上にシミュレーターによる訓練も大事だからな。最近は暇さえあればクリシュナのコックピットに籠《こ》もっている。

そして整備士姉妹ことティーナとウィスカは資料作りか。整備士姉妹は先日の赤い旗《レッドフラッグ》宙賊団掃討作戦でサルベージした異国の高速戦闘艦のレストアを終わらせたようで、今はレストアの際に気付いたことなどをスペース・ドウェルグ社に報告するためにレポートにまとめているようだ。

まぁそんな感じでゆっくりしている俺達だが、何故《なぜ》こんなにゆっくりしているのかと言うと、ゲートウェイ利用の順番待ちをしているのである、

滞在していたリーフィル星系からゲートウェイのあるエイニョルス星系への道中で歌う水晶を使った結晶生命体テロを食らった俺達であったが、それをなんとか退けてエイニョルス星系へと無事に到着していた。

で、早速皇帝陛下より下賜されたゲートウェイの使用許可証を使って目的の星系への通行許可を取り付けたわけだが、それですぐにゲートウェイを使用できるわけではない。

何せ何千、下手すると何万光年もの距離を一瞬で移動する装置なのだ。動かすには膨大なエネルギーが必要なので、その運用にはそれなりの手間がかかる。いくら皇帝陛下直々の許可証があっても、申請したらすぐにぴょんと跳べるというものでもないのだ。

つまり、どうせ移動するなら当然ながら一度に複数の船を送ったほうが効率が良いので、同じ星系を目的地とする艦船が一定数集まるか、定められた期間を待ってからでないと使用することが出来ないようになっている。その間はこのエイニョルス星系に留《とど》まってカネを落としていくことになるってわけだな。無論、そんなことだけを考えてこんな仕組みになっているわけではないのだろうが、上手《うま》く出来ているものだ。

「ほら、食い終わったから休憩スペースでゆっくりしようか」

「んー……だっこ」

「はいはい、だっこね」

ミミが後片付けはお任せくださいとジェスチャーで伝えてくれたので、お言葉に甘えて露骨に甘えモードになっているエルマをご要望通りにお姫様抱っこして休憩室へと運ぶことにする。

まったく、手のかかるお姫様だよこいつは。

☆★☆

だだっ広い休憩スペースに設置された大きなソファに座り、俺の膝《ひざ》の上に頭を乗せてゴロゴロしているエルマの頭を撫でながら小型情報端末で情報収集を行う。ゲートウェイを使ってどの星系に行くかは決めているが、その星系でどういう風に行動するかまではまだ決めていなかったのだ。

「何見てるの？」

「んー？　ウィンダス星系に社屋を置いてるハイテク企業の一覧をチェックしてた」

そうしていると、ジトッとした目でエルマが俺の顔を見上げてきたので、小型情報端末の画面を見せてやった――のだが、エルマは俺の腕を横に退《ど》けてじっとりと俺を睨《にら》みつけてきた。

「私を膝に乗せているのに、私じゃなくて小型情報端末にうつつを抜かすのはどうなのかしら」

「うわぁめんどくさいかわいい」

「ちょっとめんどくさいってなによー」

唇を尖《とが》らせるエルマの頭を撫でながら小型情報端末を横に放り投げる。今日はとことん甘えモードらしいので付き合ってやるとしよう。

「まぁ実際エルマはずっと気を張っててくれたしな。今日はとことんサービス致しましょう」

「そうそう、それでいいのよそれで」

一転して満足げな表情になるエルマ可愛いな。さてどうしてやろうか。まぁ時間はいくらでもあるのだし、特にあれをやろうこれをやろうとあくせくすることも無いか。

小型情報端末をちょいちょいと弄《いじ》って休憩スペースの照明を少し薄暗くし、ホロディスプレイを立ち上げて森の風景と環境音を記録したホロ動画を再生する。

「……なんかジジババくさいチョイスね。苔《こけ》でも生えてきそう」

「よーしそれじゃあミミおすすめのデスメタルでも流すか」

「やめなさい」

ちなみにミミは音楽の趣味が多彩なだけでメタルやロックばかり聴いているわけではない。俺からすると変な音楽が多いように思うのだが、まぁミミの感性は割と独特だからこんなもんかとも思っている。

「別にジジババくさくてものんびりできるなら良いだろ。こうして特に何かすることもなくただぼーっと過ごすのは最高に贅沢《ぜいたく》な時間の使い方だ」

「そうかもね」

それから暫《しばら》くエルマと軽くイチャイチャしながら過ごした。こうして甘えてくるエルマは実に可愛いなぁ。

#1：ウィンダス星系へ

数日待機し、ようやく目的地であるウィンダス星系へと移動できることになった。

え？　この数日はどう過ごしてたかって？　そりゃやることがあるわけでもなし、ブラックロータスの船内で皆と楽しく過ごしていたよ。ここのところずっと気を張っていたしな。久々のリラックスタイムで羽を伸ばしてたってわけだ。

まぁ、その話は横においておこう。

ウィンダス星系は割と帝都に近い位置にある星系で、超大型の造船工廠《こうしょう》が存在する帝国最大の造船基地星系だ。帝国航宙軍の作戦司令部などもウィンダス星系に置かれており、軍事、経済両面におけるグラッカン帝国の副都星系の一つである。

地理的――宇宙だが――な条件として、まずこの星系は豊富な鉱物資源を産出する小惑星帯や惑星が多く、更にハイパーレーンで繋《つな》がっている周辺星系にも鉱物資源や各種触媒となるレアメタルなどを産出する星系が多い。その上、居住可能惑星まで複数存在するという大変に恵まれた星系なのだ。比較的帝都から近いということもあり、開発も優先的に行われている。

「うーん、軍の作戦司令部かぁ……」

休憩スペースのホロディスプレイに大映しになっているウィンダス星系の情報を眺めながら呟《つぶや》

く。

「また会いますかね？」

「タイミング的に居てもおかしくはないわね」

俺と一緒にソファに座ったり、寝転んだりしているミミとエルマが苦笑いを浮かべながら俺の懸念している人物について話し合っている。

とある人物とは誰か？　それはもう当然セレナ中佐のことである。彼女とは本当に何かと縁があるんだよな。先日俺達が参加したレッドフラッグ掃討作戦の指揮を彼女が執っており、その作戦が終わってから数週間——レッドフラッグ掃討作戦終了後、俺達より先に次なる目的地へと向かった彼女と彼女の艦隊が、整備や補給のためにウィンダス星系に駐留していてもおかしくはない頃合いである。

「まぁ今から心配しても仕方がないな。会ったら会ったでまたかぁ……と思うだけの話だし」

「そうね。絶対に会うことになると思うけど」

「予感がしますよね」

「このやり取りも何回目だろうな」

本当にこの広い宇宙で何故《なぜ》俺達とセレナ中佐は何度も顔を合わせるのやら。ここまで来ると本当に運命的なものを感じるな。まぁ、今回もまた出会うと決まっているわけでもないけど。

「それで、ある意味今回の主役さん。手に入れる船の目星は付けてあるのか？」

「んー、いくつかはね。でも、最終的にはヒロの判断よね？」

「ああ、まぁそれはそうだな。俺もある程度の方針は決めてるけど、現地に行かないとわかんないことも多いからなぁ」

「たしかにそれはそうね。今はティーナとウィスカも居るし、整備方面の意見も聞きたいところではあるわよね」

「なるほど。私も勉強はしてるんですけど、正直まだまださっぱりなんですよね」

「船に関してはスペックだけが全てじゃないからなぁ。機体の重量バランスとか重心の位置、スラスターの配置なんかでも使い勝手が変わるから。まぁミミはシミュレーターで色々な船のシミュレーションをするのも大事だけど、ある程度慣れたら実機も飛ばしていかないとな」

今回ウィンダス星系を訪れた理由はいくつもあるのだが、その中でもメインとも言える目的はエルマ用の新しい船を見繕うことである。

後々のことを考えればいずれミミにも船を用意したいが、この船のハンガーは小型艦二隻までしか収容できないからなぁ。もし将来的にミミにも船を駆ってもらうということになると、母艦の買い替えも検討しなきゃならないかもしれん。まぁ、それも今すぐの話じゃないけども。

「でも、今回調達するのは船だけじゃないでしょ?」

「着たままでモノソードを扱える軽量級のパワーアーマーもだなぁ。正直、もうあんなのは二度とゴメンなんだが……今後も無いとは限らんからな」

テラフォーミング中の惑星に降下して酷《ひど》い環境の中、生身で生物兵器の化け物共と切り結んだ記憶が脳裏に蘇《よみがえ》ってくる。あの時は全身に強化手術を施している複数の帝国貴族がターゲットということで、同じく全身に強化手術を施している貴族か、そんな貴族相手に剣で渡り合える俺が作戦遂行に必要だという話になったんだよな。

俺は絶対に嫌だったんだが、立場上当時の雇い主のセレナ中佐の申し出を断るのは難しいということで、俺も帝国航宙軍——というかセレナ中佐の対宙賊独立艦隊の海兵達と一緒に生身で惑星に降下することになったんだ。降下してみたら惑星上には危険な生物兵器が跋扈《ばっこ》しているわ、目標の貴族達は謎の技術で合体して滅茶苦茶強力な生物兵器と化しているわで本当に大変だった。もう二度とあんなことはやらん。誰にどう頼まれても絶対にやらん。絶対にだ。

と、そう固く誓いたいのは山々なのだが、また何かの拍子に同じ事態に陥る可能性はゼロではない。それならカネもパワーアーマーを保管するスペースもあるのだし、そういった事態に備えて着たままでも剣を使えるパワーアーマーを手に入れてしまおうと考えたわけだ。

ただ、実際に俺の要望に合致したパワーアーマーがあるのかというとこれがちょっとわからない。基本的に帝国貴族——それも白刃主義者と呼ばれるような貴族連中は高度なバイオテクノロジーやサイバネティクスによって自身の身体《からだ》を強化しているので、パワーアーマーをあまり必要としないのだという。そりゃパワーアーマーを着込まなくたってそれに匹敵する膂力《りょりょく》と機動性を発揮できるのだから、あまり必要としないのだと言われると納得する他無い。

更に言えば、パワーアーマー程度の装甲では貴族が使う剣——単分子の刃《やいば》を持つモノソードの攻撃を防ぐことができないという理由もある。戦艦の装甲材すら切り裂くモノソードの切れ味の前にはパワーアーマーの装甲なんぞ障子紙のようなものだ。

「良いものがあれば良いんだが、どうかな」

「下手にパワーアーマーを着るよりも生身のほうが強かったりしてね」

「ヒロ様ならありえますよね」

「俺はそんなびっくり人間じゃ……いや否定できんな」

呼吸を止めると時の流れが鈍化するというか、俺の時間だけが加速するというような謎の能力を持っているからな、俺は。エルフの偉い人曰《いわ》くサイオニック能力——つまり超能力の一種ではないかということなのだが、詳細はよくわかっていない。俺がそのような能力を持っている理由も判然としない。ただ、その人曰く俺はそういった能力に関して物凄《ものすご》い素質を持っているらしい。

一応、眠っていた能力を覚醒《かくせい》させてもらったりもしたのだが、それによって何が変わったのかも実は自覚できていない。一度だけクリシュナに向けられたレーザー砲撃を偏向シールド的なもので捻《ね》じ曲げたりもしたのだが、無意識にやってしまったことなので再現ができない。レーザーによる攻撃を自由自在に偏向して防げたら滅茶苦茶便利なんだけどなぁ。

唯一変わったかな？　と思えるのは最近なんだか勘が妙に冴《さ》えているような気がする程度だ。勘が冴えるというか、気配に敏感になったというか……そのうち宇宙世紀の新人類みたいに撃たれる前に回避行動を取ったりできるようになるかもしれない。

『ご主人様、まもなくゲートウェイによる移動を開始します』

「了解。操艦は任せる」

『はい、お任せ下さい』

ウィンダス星系の情報を表示していたホロディスプレイの画面が切り替わり、巨大なゲートウェイの画像が映し出された。うーん、相変わらずスケール感がおかしくなりそうなデカさだな。デカさだけなら前に討伐した結晶生命体のマザー・クリスタルに匹敵する。いや、もっとデカイか？よくわからんな。とにかくデカい。

『突入を開始します』

一対の巨大構造物であるゲートウェイの間に光が集まり、空間の歪《ゆが》みのようなものが発生する。あれは人工的に作られ、制御された一種のワームホールのようなものであるらしい。細かい理論は全く理解できなかったが、とりあえずあの空間の歪みを通れば何千光年も離れた場所に一瞬で移動ができるというわけだ。なんだかわからんが使えるからとにかくヨシ！

一緒にウィンダス星系へと移動する他の艦船と共にブラックロータスが人工ワームホールへと突入する。

さぁ、新天地だ。

☆★☆

「わぁ、すごいですね。あっちにもこっちにも大型コロニーがありますよ！」

「造船所を併設しているコロニーばかりだから見ごたえがあるな。というか交通量が多くて笑えるわ」

「帝都も星系内の交通量が多い星系だけど、ウィンダス星系はそれ以上よね。この感じ、懐かしいわ」

休憩スペースの大型ホロディスプレイに表示されている各種星系情報やブラックロータスが受信しているセンサー情報を見ながら、エルマが呟く。

「懐かしいってことは昔来たことがあるのか」

「傭兵《ようへい》になりたての頃はウィンダス星系を根城にしてたからね。兄様の調査の手が伸びてくるまでだけど」

そう言ってエルマは軽く肩を竦《すく》めてみせた。なるほど、ここはゲートウェイを使わなくても無理なく帝都から来られるくらいには近い星系だし、これだけの数のコロニーがあって交通量も豊富――つまり人の出入りが激しい星系なら紛れ込むことも難しくない。名前を変え、船も乗り換えて性を名乗らずに傭兵として活動すれば、そう易々《やすやす》と捕まることは無さそうだ。

「駆け出しの割には冴えてるじゃないか」

「頼もしいバイブルがあったからね」

「ああ、ミミのお祖母《ばあ》さんの」

「お祖母様のアレですか」

ミミのお祖母様は現皇帝の妹に当たるお方で、なんと齢十五歳で成人した直後に密《ひそ》かに用意していた小型戦闘艦に飛び乗って帝室から出奔。身分を隠して帝室からの追手を躱《かわ》し、傭兵として大活躍したという女傑である。そんな彼女の活躍は小説を始め様々な作品として世に出回っており、今

肩を竦めてみせた子爵家令嬢のお姫様を始めとしたお転婆姫のバイブル的な存在になっているのだという。

「大概は夢見るだけで、私みたいに実行に移すのはほんの一握りだけどね」

「エルマは数少ない実行例かつ成功例ってことか」

「そういうこと。今でも年に一人か二人は帝都から飛び出す令嬢がいるそうよ。大体は実家に連れ戻されるか、より悪い結末を迎えるそうだけど」

「より悪い結末……」

エルマの物言いに嫌な想像をしてしまったのか、ミミが物凄く微妙そうな顔をする。まぁ、右も左もわからない貴族の令嬢が悪いやつに騙《だま》されて悲惨な目に遭ったり、船を宙賊に撃破とか拿捕《だほ》とかされて捕まったりしたら、悲惨な目に遭うという表現が生温《なまぬる》い程の扱いを受けてもおかしくはないからな。

もっとも、それが実家に知られたら騙した悪いやつや宙賊は貴族の財力と権力をフル活用した反撃でそれより酷い目に遭うのだろうけども。くわばらくわばら。

「あぁー……つっかれたぁー」

雑談しながらメイの操艦を眺めていると、しょぼくれた顔をしたティーナがウィスカを伴って休憩スペースに現れた。ここ数日部屋に缶詰になってレポートを書いていたはずだが、どうやらやっと執筆作業が終わったらしい。ヨロヨロと歩いてきたティーナが俺の膝《ひざ》に倒れ込んでくる。

「やっとこさおわったー。兄さんほめてー」

「はいはいよく頑張ったよく頑張った」

ティーナの頭を撫《な》でてやる。うん？　風呂《ふろ》から上がったばかりなのかサラサラだな。よもやこいつ、ヨロヨロしてたけどわざわざ身嗜《みだしな》みを整えてから来たのか？

「もう、お姉ちゃんったら」

「ウィスカも偉い偉い」

「あはは、ありがとうございます」

遅れて現れたウィスカも招き寄せてその頭をなでなでしてやる。二人とも多分風呂上がりだな。まぁわざわざ指摘したりはしないけれども。

「それで、どこに向かってるん？」

「あれ、言ってなかったっけ。まずはスペース・ドウェルグ社の支社があるところが良かろうということでウィンダステルティウスコロニーに向かってるぞ。ところでウィンダステルティウスコロニーって舌噛《したか》みそうな名前だよな」

「せやな」

ティーナが真顔で頷《うなず》く。三回連続で名前を言ったらどこかで噛みそうだよな、ウィンダステルティウスコロニー。まぁ、とにかくウィンダス星系の第三コロニーだな。第一コロニーであるプライムコロニーは帝国軍の泊地となっていて、実質的に軍用コロニーと考えて差し支えない。第二コロニーであるセカンダスコロニーはウィンダス星系各方面に存在する小惑星帯から採掘された鉱石や、他の星系から集められる物資の集積と配分を行なっているコロニーで、第三コロニーであるテルティウスコロニーが民間のシップメーカー他様々な企業の支社などが存在する交易コロニーだ。

その他にも民間シップメーカーのシップヤードがある第四のクウォータスコロニー、第五のクウィンタスコロニーと沢山あるが、まぁとりあえずはテルティウスコロニーで全て用事は済む筈《はず》だ。実際に船を注文するとしても、テルティウスコロニーから以降のナンバーのコロニーに発注をかけることができるわけだからな。同じ星系内なら通信なんていくらでもできるわけだし。

「ということは着き次第出社ですね」

そう言ってウィスカが何やら考え込んでいる。今回はレッドフラッグから奪った遠方の国の小型高速戦闘艦をスペース・ドウェルグ社に売りつけるつもりだからな。ティーナとウィスカにはその橋渡しをしてもらうことになる。

「買い叩《たた》かれないように俺達もついていくからな。二人を信用してないわけじゃないが、向こうも身内相手だと遠慮しないだろうし」

「それはそうですね。ドワーフの商人は強《したた》かですから気をつけないと」

うちの交易担当も兼ねているミミがうんうんと俺の言葉に同意するように頷く。実は今回もリーフィル星系を出る際にウィルローズ家とローゼ氏族の口利きでリーフィル星系の特産品――主に新鮮なフルーツや野菜、それに肉や天然素材の衣類、精霊銀などをそれなりの量仕入れてきている。どれも宇宙では贅沢品《ぜいたくひん》で、交易コロニーで高く売れる品だ。

「リーフィル星系のお土産を買い叩かれないようにな」

「本当に気をつけます」

流石《さすが》にブラックロータスに積める量の貿易品だけで船を一隻買うほど儲《もう》けるのは不可能だろうが、滞在費を払っても十二分にお釣りが来る程度の稼ぎは見込めるからな。ミミにはこの調子で是非頑張って欲しい。

☆★☆

ブラックロータスは順調にウィンダステルティウスコロニーへと到着し、多少の待ち時間を経て無事入港することができた。

「メイ、お疲れ様」

「ありがとうございます、ご主人様」

メイは今日もメイドとして完璧《かんぺき》な立ち居振る舞いである。既にアポは取ってあるので、この後は船を降りてすぐにスペース・ドウェルグ社に向かう予定だ。全員で。

何故ならとっととあの船をスペース・ドウェルグ社に売り払ってしまわないと、エルマ用の新しい船を入れるスペースが確保できないからだ。優先順位はあの船の引き渡し、そしてエルマの船の調達、それから俺の新しいパワーアーマーの調達の順だ。最悪、ここで手に入らないようならパワーアーマーは別の星系に探しに行っても良いけど。

「疲れてないか？　ってメイに聞くのも変な話だな」

「はい。ですが、ありがとうございます。そのように気を遣って頂けるだけで私は幸せ者です」

「そうかなぁ……もうちょっと色々要望してくれたほうが俺としては嬉《うれ》しいんだが」

「検討させていただきます」

そう言ってメイが僅《わず》かに微笑《ほほえ》みを浮かべる。

「あー……行くのめんどいなぁ」

「そうもいかないでしょ。ほら、しゃんとして」

「やーん」

よほど出社するのが嫌なのか、全身でだるさを主張しているティーナがウィスカに背中や尻《しり》を叩かれている。普段の整備なんかは文句一つ言わずに楽しそうにやってるのに、会社に行くのは途轍《とてつ》もなく嫌いなんだな、ティーナは。

「まずはスペース・ドウェルグ社に行って、それからは？」

「そのままスペース・ドウェルグ社で船を見繕うんですか？」

「いや、スペース・ドウェルグ社の小型高速戦闘艦はちょっとな……」

前にブラド星系でスペース・ドウェルグ社の小型高速戦闘艦の試作機に乗ったが、試作機とは言えあの出来ではちょっとなぁ。スペース・ドウェルグ社の航宙艦は基本的に同クラスの船の中では積載量と装甲に優れる代わりに機動性に劣るって傾向だから、正直小型の高速戦闘艦を選ぶなら他社製品の方が良いんだよな。そもそも小型艦の中に高速艦と言えるような船が無いし。

「しれっとうちの会社がディスられてるよ、お姉ちゃん」

「しゃあないわ。そっちの分野はあんま得意じゃないのは事実やし」

「整備性の問題もあるから、選ぶときには二人にも意見を貰《もら》うからな」

「こっそりな」

「一応会社に知られると処罰までは行かなくても注意されちゃうから……」

二人が苦笑いを浮かべる。それはまぁ、そういうこともあるだろうな。知られたら自社製品薦めんかいワレェ！　ってなるのは確かにそうだろうし。

「それじゃあ全員支度は済んだようだし、さっさと――」


――見つけた――


「――？」

突然、俺の脳裏に何かが響いた。なんだろう、これは。この感情は……嬉しい？　そう、これは嬉しさだ。頭の中が嬉しさで満たされて……？

「どうかしました？」

いつの間にか、ミミが心配そうに俺の顔を見上げていた。他の面々もどうしたのだろう？　という表情で俺の顔を見つめている。

「わからん……なんか変な声が聞こえたような……？　気のせいか」

「それ、大丈夫なの……？　船で休んでる……？」

エルマが本気で心配そうな表情を俺に向けてくる。冗談でもなんでもなく、メンタルに何か重大な問題が発生したと思われていそうだ。

「いや、本当に気のせいだと思う。この後も頻発するようなら休むなり、医者にかかるなりするよ」

「そう？　ならいいけど……」

エルマはそう言って引き下がってくれたが、今度は背後から途轍もない威圧感が……いや、威圧感と言うか物理的な圧迫感が。具体的に言うと、柔らかくて幸せな感触が。

「オーケー。落ち着こう、メイ。俺は正常だから。ほら、アポの時間も迫ってるから。な？」

「……承知致しました」

背中の感触が離れていく。後ろからベアハッグめいた何かを食らう寸前だったな、これは。皆には大丈夫だと言ったが、どう考えても普通とは思えない感覚だった。このコロニーでも何かしらの厄介事が待っているのは確実なようだ。

とにかく、今はスペース・ドウェルグ社に急ぐとしよう。メイにも言った通り、アポイントメントを取った時間が迫っているからな。

☆★☆

「お疲れ様です、連絡していたウィスカです」

「ティーナや。これ、ＩＤな」

「お疲れ様です」

例の微妙にダサい看板が掲げられているスペース・ドウェルグ社のウィンダス星系支社を訪れた俺達は、とりあえず受付に声をかけるティーナとウィスカの二人を見守ることにした。見た目少女の二人と、いかついけど小さいおっさんが礼儀正しく……礼儀正しく？　やり取りしている様はなんだかちょっとおままごとっぽい雰囲気を感じないでもない。実際には両方ともいい年をした大人なのだが。

「あちらの方々はオーナーの？」

「せや、あの兄さんがオーナーのキャプテン・ヒロ様やで。プラチナランカーで、ゴールドスターっちゅう凄《すご》い勲章を帝室から直々に頂いた新進気鋭の凄腕傭兵《ようへい》にして栄えある帝国の新たな英雄やな」

「名誉子爵様でもありますから、ご無礼の無いようにお願いします」

「それは勿論《もちろん》。本日は商談ということでしたね」

そう言って受付の男性ドワーフはちらりとこちらに視線を向けてきた。本日の訪問内容に関しては既にティーナとウィスカからスペース・ドウェルグ社に連絡を入れてあるので、向こうも事情は全て把握している。

「お待たせしました、こちらへどうぞ」

程なくして所謂《いわゆる》ビジネススーツに似たデザインの服を着た女性ドワーフが現れ、俺達の先に立って案内を始めた。何度見ても思うんだが、ひげもじゃで顔もそれなりにいかつい男性ドワーフはともかく、どんなに頑張ってもせいぜい中学校低学年くらいの年齢にしか見えないドワーフの女性がああいう服を着ているとどうにも違和感というか、コスプレ感が……でもドワーフの女性って身体《からだ》が小さいだけで、よく見れば出るとこは出てたりするし妙な色気もあるんだよな。改めて不思議な種族だ。生命の神秘を感じる。

「兄さん、ああいう服が好みなん？」

「今度着てみましょうか？」

「やめなさい」

小声だけど聞こえるかもしれないでしょうが。

「ふぅん？」

「うーん、ああいう服は着たことがないんですよね」

なんか後ろでも小声で話し合ってるな。これから真面目な話だから。後ろ姿を見る分には気づかれないだろうと思って前を歩く彼女に不躾《ぶしつけ》な視線を送ったのは謝るから。この話はここでやめよう。

そうして歩き、エレベーターのようなものに乗ったりしながら移動すること数分。俺達はなかなかに豪華な内装の応接室——というより会議室のような場所に案内されていた。

「失礼します。ヒロ様と同行者の皆様をご案内して参りました」

「ご苦労。人数分の飲み物を頼む」

「承知致しました」

「どうぞ、こちらの席へ」

先に会議室で待っていたスペース・ドウェルグ社の社員らしき人々に席を勧められたので、素直にその勧めに従って席に着く。テーブルの反対側に座るスペース・ドウェルグ社の面々に向かってど真ん中に俺。左手にエルマとミミ。右手にティーナとウィスカ。そして俺の背後に控えるようにメイが立つ。

「私は従者なので、こちらに控えさせていただきます」

「それは……よろしいので？」

あちら側の進行役らしき男性ドワーフの社員が聞いてきたので、頷《うなず》いて肯定しておく。メイ自身がそう判断したのなら俺から言うことは特に無い。程なくして先程飲み物を持ってくるように指示されていた女性社員が水差しのようなものとグラスを持ってきて全員に飲み物を用意してくれた。

ふむ？　氷水に何か果物の輪切りのようなものが沈めてあったように見えたな。果汁水とかレモネードみたいなものだろうか？　本物の果物を使っているとしたら、なかなかの高級品だな。

「さて、それじゃあ話を始めようか。こういうのは単刀直入に行きたいな」

「はい、まずは自己紹介させていただきます。私は今回の交渉において社の代表を務めさせていただくアーガットと申します。そしてこちらは技術部門のテレサです」

アーガット氏に紹介されたテレサさんが無言で頭を下げる。アーガット氏は……ドワーフの男性は年齢の区別がつかんな。声からすると三十代か四十代に思えるが、これもアテにはならないしな。テレサさんは女性ドワーフだが、女性のドワーフも俺からすると年齢がわかりにくいんだよな。ただ、落ち着きのある雰囲気から察するにティーナとウィスカよりは年上のように思える。

「どうも。傭兵のヒロだ。名誉子爵うんたらに関しては振りかざすつもりはないから、普通の傭兵として扱ってくれ」

最新型の母艦を値切りに値切って買って、運用データを提供しつつ一度取材を受けただけだと、スペース・ドウェルグ社からしたら大した客でもないだろう。何十隻も船を買ったとか、スペース・ドウェルグ社の依頼を沢山こなしたとかなら話は別だろうけど。

「いえいえ、ヒロ様は我が社にとっては大変な上顧客様ですよ。ヒロ様の活躍によって我が社の母艦の売上は上昇傾向でして。最新ブロックのデータも蓄積されて発注もかなりの数が入っております。砲母艦としての運用は実に斬新なアイデアです。火力はそのままに貨物の積載量を向上させた攻撃型輸送艦の開発計画も――」

「ゴホン」

何やら俺達に聞かせてはまずい情報を口走りかけたようで。テレサさんが咳払《せきばら》いをしてアーガット氏の言葉を止める。

「は、ははは……いや、単刀直入にでしたな。ウィスカ君とティーナ君のレポートは既に技術部門で分析をしております」

「大変に興味深い内容です。レストアした実機や、余剰の残骸《ざんがい》なども一緒にお売り頂けるという話でしたね？」

「そのつもりだ。お互いの利益になるだろうと考えているよ」

俺達は出処《でどころ》が怪しい船を売り払ってニッコリ、スペース・ドウェルグ社は自社にない技術がてんこもりで、かつ製造元の会社に入手経路を探られても向こうが泣き寝入りするしかないような実機を手に入れられる。しかも、制御系のソフトウェアも完全な状態で。

無論、本来は簡単に解析されないように十重二十重のセキュリティがかけられている筈《はず》のものだが、元々がレッドフラッグに横流しされていたようなモノなのでその辺りは既に解除済み。解析に関しても機械知性のアドバイザーなどに依頼すれば比較的早期に終わるのが見込まれるし、そうなればスペース・ドウェルグ社は今まで苦手としていた小型高速艦に関する研究が一気に進むことになる。互いにとって損のない取引だ。

「額面はどうする？」

「そちらからの提示額などがあればお聞きしたいところですが」

「俺としてはそっちがどれだけの値をつけるのか聞いてみたいところなんだがね。こういうのは先に言ったほうが有利なのかな？」

「一概には言えませんな。では同時に提示するというのはどうでしょうか？　こちらの提示額のほうが高ければ即決で決まりますし、ヒロ様の提示額のほうが高ければそこから交渉するということで」

「良いのか？　買い叩《たた》けるチャンスだろ？」

「は、ははは、ヒロ様から買い叩くなんてとてもとても……」

そう言ってアーガット氏が額に汗を滲《にじ》ませる。なんだろう。その俺を怒らせると超危ないからそういうのは全力で避けたいんですみたいな態度やめてもらえるかな？　俺、そんなハードクレーマーとか厄介客じゃないと思うんだけど。ブラド星系でのウィスカデッドボール騒動とか、帝都でのマスゴミの件は悪いけどどう考えてもスペース・ドウェルグ社側が悪いからな？

「じゃあ同時に提示しようか」

「はい、では……」

アーガット氏が指を三本立てて見せ、徐々に二本、一本と減らしていく。

「750万」

「1200万」

俺が提示したのが750万エネルで、向こうが提示したのが1200万エネルである。おや、思ったよりかなり高いな。

「少しびっくりだな。だがそちらがそう言うならそれで」

「はい、ではこれで。ああ、ウィスカ君とティーナ君には数日こちらで情報の引き継ぎなどをして頂きたいのですが、それでもよろしいでしょうか？」

「構わないが、一日あたりの拘束時間はきっかり八時間までとしてくれ。前に帝都で同じようにスペース・ドウェルグ社に預けた時には随分な長時間労働を強いられたようでな。こちら側の仕事に影響が出過ぎた」

あの時は顔を合わせるたびに顔色が悪くなってやつれていったからな……二人がまたあんな風になるのは絶対にNOだ。

「あと、二人の所属はスペース・ドウェルグ社かもしれないが、間違いなく俺の身内だ。何かあれば……わかるな？」

「は、ははは……それはもう」

「過剰に特別扱いしろってわけじゃない。ただ、彼女達は俺の船に乗ってる。それだけは肝に銘じて欲しいな」

ここで軽く例の慣習を匂わせておく。まぁ、実際もうそういう関係になっているのだから、何の嘘《うそ》も偽りもない事実だ。ああ、もう一つ言っておくか。

「それじゃああの船は１２００万で売れたわけだから、二人の取り分は３６０万な。一人１８０万ずつってことでよろしく」

「「「えっ」」」

戸惑いの声が三人から上がった。そのうち二人はティーナとウィスカだが、もうひとりはテレサさんである。

「え、あの、さんびゃくろくじゅうまん？」

「回収した船の売却益のうち三割を二人の報酬として渡す契約にしてるんでね」

テレサさんの問いかけに答えて肩を竦《すく》める。アーガット氏も顎《あご》が外れんばかりに口をあんぐりと開けているな。よほど度肝を抜かれたらしい。ティーナとウィスカは……ああ、なんか遠い目をしているな。

「兄さん、それ今言う必要あった？」

「マネーイズパワーだよ。何かあったらそれだけのエネルでぶん殴ってくるぞってこった。あと、俺がどれくらい本気で二人を重用しているのか、はっきりと分かるだろう？」

「それは……そうですね」

ウィスカが溜息《ためいき》を吐《つ》く。まぁ、スペース・ドウェルグ社のウィンダス星系支社に関わるのはほんの数日だ。多少居心地は悪くなったかもしれないが、それ以上に下手に何かするのは危ないと強く印象づけることはできただろう。

「それじゃあ、そういうことで。後は船の移送手続きや二人の勤務シフトについて話そうか」

「はい……」

魂を抜かれたような状態になってしまっているアーガット氏と細かい話を詰めていく。とりあえず、スペース・ドウェルグ社方面はこれで良いだろう。妙に高い値がついたことには多少疑問がないでもないが、うちが得する分には構わんしな。ありがたくエルマの船の購入代金として使わせてもらおう。

#2：新戦力

レッドフラッグから鹵獲《ろかく》し、レストアした他国製の高速小型戦闘艦をスペース・ドウェルグ社に売りつけることに成功した俺達はその足でシップヤードへと向かうことにした。

「兄さんの脅しが効いたんかな？」

「合計360万エネルに動揺したんじゃないかな……」

などとボソボソと話し合いながら整備士姉妹も俺達に同行している。

ティーナとウィスカの二人はそのまま支社で仕事をすることになるかと思ったのだが、持ち込んだ機体の解析を行う人員の選定と姉妹が持ち込んだレポートの査読にも時間がかかるということで、とりあえず今日のところは本来の任務——つまり俺の船のメカニックとしての仕事を続けるように、という話になったのだ。

実際に人事や仕事の引き継ぎ、タスクの割り振りに時間がかかるのか、それとも俺の脅しが効いたのかは定かではないが……まぁ、新たな機体を迎えるにあたってメカニックが同行してくれるのは単純にありがたい。二人は業界人でもあるしな。俺やエルマのような傭兵《ようへい》とはまた違った視点で有効な助言を期待できる。

「シップメーカーの支社を巡るわけじゃないんですね」

「ブラド星系みたいにスペース・ドウェルグ社一強みたいな環境ならそれで良いんだけど、ここみたいに各社がしのぎを削るような場所の場合はシップヤードに行くのが便利ね」

素朴な疑問を抱くミミにエルマが事情を説明している。SOL《ステラオンライン》だと船からコロニーのコミュニケーションメニュー内にあるシップヤードにアクセスして船を売り買いしていたものだが、この世界で船を買うとなるとこうして足を運ぶことになるわけだな。

え？　船からホロ通信とかで済ませられないのかって？　できないこともないみたいだが、そうやって船を買う人は少数派らしい。

「うーん、エルマさんの操縦特性から考えるとやっぱり機動型だよね」

「せやろな。まぁ基本的に小型艦に求められるものは速度とか小回りやし」

「火力とトレードオフなのが問題だよねぇ。出力の問題もあるし」

ティーナとウィスカは話の方向性をエルマが乗る新機体の話に切り替えたらしい。

一般的に小型艦に求められる性能はティーナの言う通り速度や小回りである。その上でどれだけ火力を持たせられるか、というのが永遠の課題だろう。小型艦に積むことができる小型のジェネレーターでは限られたエネルギー出力しか得られないので、必然的にその出力をどこまで機動性——つまりスラスターやブースターに注ぎ込み、どこまで火力——つまりレーザー砲などに割り振るかというのが頭の痛い問題なのである。

「火力は実弾兵器や爆発兵器で補うって手もあるんやけどな」

「確かにマルチキャノンとかシーカーミサイルとか魚雷発射装置は稼働させるのに必要なエネルギ

ーは少ないけど、そっちは重量がね」

「小型艦だと特にそこがきっついよなぁ。装備そのものの重量も問題になるし、そもそも装弾数の問題もあるしなぁ」

「その点クリシュナは反則よね」

「そう言われてもなぁ」

エルマのジト目を受け流しながら肩を竦めてみせる。

確かにクリシュナは反則に近いレベルに性能の高い船だ。小型艦としては最大級の大きさではあるが、搭載している特別性のジェネレーターから生み出されるエネルギー出力は中型艦をも凌駕《りょうが》する。

そのため強力なスラスターで十分以上の機動力を確保した上で、強力なシールドを装備し、更に四門もの重レーザー砲を扱えるだけの余裕があるのだ。無論、あくまでも小型艦という括《くく》りの中で破格な性能を誇るというだけで、例えば真正面からの火力勝負では帝国軍の戦艦や巡洋艦にはとても敵《かな》わないし、シールドの性能も比べ物にならない。クリシュナは間違いなく強力な小型艦だが、決して無敵の船ではないのだ。

「エルマさんとしてはどんな船が良いんですか？」

「性能も大事だけど、見た目も大事よね」

「せやろか？」

「私はちょっとわかるかも」

「そういうものなんですかね？」

エルマの言にティーナとミミが首を傾《かし》げ、ウィスカは頷《うなず》いている。俺はどちらかと言えば見た目よりも性能派なのだが、見た目も大事だというエルマの言葉を否定する気にはあまりならない。俺だって性能差がさほどでもなければ見た目が気に入ったほうを使うだろうしな。

「兄さん的にはどないなん？」

「見た目だけを重視するのは俺の流儀じゃないが、性能が良くても見た目があまりにも趣味に合わないってのはモチベーションの点で良くはないと思う」

「玉虫色の答えやなぁ」

「実際そういうもんさ。見た目が気に入ってる艦だからこそ傷をつけられたくないって思うのが人情ってもんだからな。逆に見た目とかどうでもいいなんて思って船に乗ってると多少のダメージは気にしない雑な操艦になるもんだ」

「なるほどー。そう言われればそういうもんかもな」

ティーナも俺の説明に納得してくれたようだ。実際のところ、アセンブリとペイントを済ませた船を眺めて『なんだこれカッコいいな。最高か？』という感情は馬鹿にできないものだ。船に対する思い入れというのも船乗りにとっては大事なものなのだと俺は思う。

そんな船談義をしながら移動することしばし——もっとも歩いたのではなくコロニー内の移動システムを使ったのだが——俺達はシップヤードへと到着した。

「へー、こんなんなっとるんや」

シップヤードを見回してティーナが感心したような声を上げる。正直に言うと、俺も少し驚いていた。予想以上に小綺麗《こぎれい》な場所だったからだ。

「なんだか少しブラックロータスの休憩スペースに雰囲気が似てますね」

「ああ、なんとなく見覚えがあると思ったらそういうことですか」

ミミの発言にウィスカが納得したような声を上げる。質の良さそうなソファや長テーブル、それに各所に設置されている観葉植物やテラリウム、航宙艦の広告を表示しているホロディスプレイなど、どことなくブラックロータスに通じるデザインなのだ。

「奥の方に各社のブースがあるわけか」

なんかアレだ、ニュースか何かで見たモーターショーみたいだな。

「そういうこと。あっちで目当ての船を探したら、こっちのスペースで商談するってわけ。まずは端から回って行く？」

「うーん、まずはもう少し具体的にどんな機体を調達するべきかっていう意識の摺《す》り合わせをしておいた方が良いんじゃないか？」

「ああ、それもそうね。私も色々考えたから、聞いてもらおうかしら」

☆★☆

そういうわけで、俺達は企業のブースを訪れる前に手前側のラウンジスペースで話し合いをすることにした。

「漫然と足の速い船で火力もそこそこ……ってのはどうかと思うのよね」

席に着き、飲み物を注文し終えた段階でエルマがそう話を切り出した。

「なるほど。まぁソロならともかく、チームとして動くならそれはそうだな」

エルマの言に納得した俺は頷く。しかしミミ達は今ひとつ要領を得ないようで、揃《そろ》って首を傾げていた。

「つまり……どういうことなん？」

「つまり、今の私達のスタイルを続けていくなら現状の穴を埋めるなり長所を伸ばすなりっていう明確なコンセプトを考えて船を選ぶべきだし、逆にもう一隻船を増やすことでスタイルを変えるなら、それはそれでその新しいスタイルに即した船を選ぶべきだって話ね」

「なるほど……？」

エルマの説明を聞いてもまだミミはピンときていないようだが、ティーナとウィスカは納得——というか理解できたらしい。これは技術面から航宙艦の設計や改造などに長年携わってきた姉妹と、俺の船に乗るまで全くそういったものに関わってこなかったミミとの差が出た形だな。

「今の宙賊狩りのスタイルって基本的にエサ釣りじゃない？　ブラックロータスを囮《おとり》にして、のこのことやってきた宙賊をヒロのクリシュナで奇襲して、囮役だったブラックロータスも武装を展開して挟撃するって感じよね」

「そういう流れですね」

ミミがコクコクと頷く。言葉にすると簡単だけど、ブラックロータスが囮だと看破されたり俺が奇襲する前に見つかったりすると台無しだから、それなりに工夫も要るんだよな。

　まぁその話はおいておこう。

「それで、今の状態で討ち漏らしが発生するのって宙賊どもに即座に逃げを打たれた時なのよね」

「確かに。言われてみるとそういう傾向があるように思います」

　逃げるのが一隻か二隻なら追撃もなんとか間に合うが、四隻、五隻以上に一斉に逃げを打たれると、やはりその全てを撃沈するのは難しい。あいつら、逃げる時には散り散りになって逃げるからな。示し合わせたように……というか実際に事前にそうするよう打ち合わせをしているのだろう。

「だから、穴を埋めるって言うなら追撃能力に長《た》ける船を調達することを考えるべきだし、長所を伸ばすって方針ならそもそも逃げられる前に全部仕留めるって方向で射程や火力に長けた艦を調達するべきってこと」

「よくわかりました」

「ミミも納得できたところで、じゃあ具体的にはどういう方向性で船の仕様を考えるべきかって話だな。追撃能力と火力を同時に、お手軽に獲得するならやっぱりミサイルポッドを積んだミサイル艦が良いだろうな」

「ミサイルっていう実弾を積む関係上、重量増加と継戦能力の低下は避けられんのがネックやね」

「でも、ミサイルポッドは駆動に使うエネルギー出力が小さいから、その分はスラスターに回せるよね。一定の機動力は確保できるんじゃないかな？」

「そうね。撃った分は重量も減るからそれで更にスピードも上がるし」

撃った弾薬分、機体が軽くなれば同じ出力でより高い加速性能が得られるってのは道理だな。いっそミサイルを撃ち切ったらミサイルポッドをパージするなんてのも有りだが……コストが嵩《かさ》むからナシだな。うん。浪漫《ろまん》はあるけど。

戦闘機動中にミサイルポッドのパージなんてしたら超高速で宇宙の彼方《かなた》に吹っ飛んでいって回収なんかできんからな。いくら保険に入っていても戦闘のたびにミサイルポッドをパージして行方不明にしていたら、お財布へのダメージがマッハだ。ただでさえミサイルは弾薬費が気になるのに。

「そうなると、気になるのはランニングコストでしょうか？」

「そうだな。継戦能力に関しては、俺達が連続で長時間の戦闘をすることはあまりないし、戦闘の合間にブラックロータスで補給を受ければ問題ないだろうから気にしなくて良い。ミミの言う通りシーカーミサイルの弾薬費がネックだな」

「意外と高いのよね、あれ」

そう言ってエルマが頬に片手を当てて溜息《ためいき》を吐《つ》く。一般的に使用されるシーカーミサイルの一発辺りの価格は凡《およ》そ500エネルから800エネルである。日本円価格に換算すると滅茶苦茶に安いのだが、これはレプリケーターによる製造コストの低下や、小惑星帯採掘などを始めとした航宙鉱業技術の向上による材料費の低下、それに傭兵ギルドからの補助金など様々な要因が重なった結果である。

弾薬費の価格破壊に一番寄与しているのは、基となるデータと材料さえあれば高度な誘導装置なども含めてボタン一つでポンと実物を作り出せてしまうレプリケーターの存在なわけだが、これもまたなんでもかんでも作れるというわけでもない。基となるデータが無ければレプリケーターで物を複製することはできないし、そもそもレプリケーターとは相性の悪い素材などもある。レプリケーターも万能ではないというわけだな。

「一発500エネルから800エネルって言っても、それを一回の戦闘で二十発も発射すればそれだけで1万エネルから1万6000エネルだからな。垂れ流していたんじゃ採算が取れん」

一発50万エネルの対艦反応弾頭魚雷に比べれば一発辺りの金額は千分の一だが、あまり気軽にポンポン撃てるものでもない。これが生き残ればそれで良い戦争だとか、勝てばそれで良い試合だとかなら撃てる限りの火力を全投入してしまっても良いんだが、傭兵業《ようへい》はビジネスだからな。

「シーカーミサイルで宙賊艦を吹き飛ばすと表面要素に大きなダメージが入りますから、敵艦の装備しているレーザー砲やマルチキャノン、スラスターなんかは全損するものが多くなりそうですね」

「結果として経費がかかる上に儲《もう》けも少なくなるっちゅうことか」

「こうして聞くと欠点だらけに聞こえるんですけど……」

眉根《まゆね》を寄せながらミミが唸《うな》る。

「いや、強いんだよ。ミサイルはほんとに。爆発のエネルギーはシールドを飽和させやすいし、直撃すれば装甲を吹き飛ばして船体に大きなダメージを与えるし、表面要素――つまり敵艦の武装やスラスターなんかに損害も与えるから戦闘能力を大きく減衰させられる。だから使われると厄介だし、絶対に当たりたくないから俺は必ず避《よ》けるなり迎撃するなりしてる」

「言っておくけど、シーカーミサイルの弾幕を鼻歌歌いながら切り抜けられるのはヒロみたいな一握りの変態だけだからね。艦の性能によってはそもそもシーカーミサイルの追尾を逃れられるだけの速度を得られないし、レーザー砲で迎撃するにしても飽和攻撃を仕掛けられたらどうしようもないし、シールドで耐えるって言っても小型艦のシールドじゃ二発もまともに喰《く》らえば全損よ」

全損というのはシールドを完全に飽和させられることを指す俗語である。シールドを失った航宙艦は大変に無防備な状態と言って良い。クリシュナは装甲にも金をかけているからシールドをやられても一発や二発くらいのミサイル直撃は耐えられるだろうが、それ以上となるとクリシュナでも危うい。速度を上げるために艦体に軽量化を施しているような小型艦では大抵の場合シールド無しでのシーカーミサイル被弾＝爆発四散である。

「うーん、なるほど。じゃあミサイル艦にするんですか？」

「そうだなぁ。射程と威力、拘束力って意味では理に適《かな》ってはいるんだよな」

「シーカーミサイルに追いかけられているような状況だと超光速ドライブの起動もままならないものね。アタッカーをヒロのクリシュナに任せて私はミサイルを使った足止めに徹するっていうのは悪くない考えだと思うわ」

勿論《もちろん》通常武装としてレーザー砲も数門積むべきだろうけど、とエルマが言葉を続けたところで注文したドリンクが届いたので、各自一旦《いったん》一息つくことにする。

「話を聞いていて思ったんですけど、小型艦に拘《こだわ》る必要ってありますか？」

一息ついたところでミミからなかなか鋭い意見が飛び出してきた。

「うん、それはなかなか鋭い意見だ。俺も実は小型艦に拘る必要はないんじゃないかと思ってる」

俺もミミの意見に同意する。表情を見る限り、エルマも同じように考えていたのか驚いている様子はない。対して整備士姉妹は首を傾げている。

「ブラックロータスのハンガーは小型用やで？　あれに中型艦入れるのは無理があるわ」

「でも、ブラックロータスでの整備を前提としないならアリなのかな？　小型艦ならブラックロータスに格納して整備ができるけど、それで格納庫を埋めちゃったら今回みたいに戦利品の船をレストアするのは難しくなるよ」

「あー、なるほど。もし今回みたいなレストアするためにスペースを空けるとなると、どっちにしろ小型艦二隻のうち一隻は格納せずに随行する形になるから、それなら最初から中型艦にするっちゅうのもアリか」

二人で話している間に俺達の考えにすぐに追いついたらしい。ミミは『なるほど！』みたいな顔をしているが、単純に小型艦に拘る必要があるのかどうか疑問に思っただけで、二人が言うような細かい点までは思い至らなかったんだろうな。

「それじゃあ中型艦の導入について話し合うか」

というわけで俺達は小型艦の話から中型艦の話に話題を移すのだった。

☆★☆

「中型艦にするメリットといえば、やっぱり火力も装甲も小型艦とは一線を画すってところだよな」

「そうね。あとは小型艦と言えば基本的に高速艦ってことになるけれど、中型艦は高速艦から重火力艦まで機体の幅が広いわよね。同じ艦でもカスタム次第で用途が大きく変わるし」

「せやけど、追撃には向かんのと違う？　速度偏重にしても速度で小型の高速艦に勝つのは難しいで」

「性能的にはそうだけど、中型艦なら小型艦と比べて威力にも射程にも優れる武装を装備できるから、立ち回り次第では小型艦よりも広い範囲をカバーできるんじゃないかな？」

「うーん、対ＦＴＬトラップを使えれば良いんですけどね」

「あれは軍用装備だし、専用艦でしか使えないしなぁ」

ミミの言う対ＦＴＬトラップというのは広域に作用する強力なインターディクターの一種で、広範囲の超光速ドライブを強制的に停止し、再起動も阻害する大変に厄介な妨害装置である。まぁ、残念ながらエネルギー効率が非常に悪いらしく、長時間起動するとなると戦闘能力の乏しい専用艦での運用が必要になるという話だ。その専用艦も特殊用途の軍用艦ということで一般向けに販売はされていない。

かしら？」
「足止め性能は最高よね。別に常時起動出来なくても良いから、同じような装備があったりしない
「短時間稼働で十分なんだよな。エネルギー消費が大きいって言うならキャパシタ——大容量のエ
ネルギー保管装置——みたいなものを噛《か》ませてどうにか使えないもんかね？」
「技術的には可能かもしれんけど、一般向けの販売となると難しいんとちゃう？　もし宙賊にそん
なものが渡ったら大変やで」
「宙賊に襲われた民間船が対ＦＴＬトラップで足を止められたりしたらひとたまりもないね」
「そういう面を考えて普及してないのかもしれませんね……」
　確かに宙賊がそんなものを使い始めたら襲われる民間船にとっては悪夢にしかならんだろうな。
三分もあればメインスラスターを破壊されて行動不能になるだろうし。
「まぁ、ないものねだりをしても仕方ないよな。で、中型艦にするデメリットなんだが、まぁラン
ニングコストの問題だな」
「整備費用も小型艦よりかかるし、ブラックロータスとは別枠で停泊しなきゃならないから停泊費
用も嵩むわね」
「性能面ではやっぱスピードが出ないのと、被弾を避けるのが難しいってとこか？」
「小型艦に比べて投影面積が大きいからね。重量が大きい分小回りも利かないから急激な回避機動
も取れないし、そこはある程度諦《あきら》めるしか無いかな」
「でも、小型艦よりも強力なシールドを運用できるんですよね？　増加する火力も考慮すれば、宙

賊相手なら一方的に叩《たた》けるんじゃないですか？」

「確かに完全に装備を整えた中型艦は民間船を改造してなんとか武装しているってレベルの宙賊艦なんぞ鎧袖一触《がいしゅういっしょく》にできるな。問題は、宙賊もシーカーミサイルを装備しているってとこなんだよ」

「宙賊も馬鹿じゃないから、中型艦を仕留めるためにシーカーミサイルを装備している艦がそれなりにいるのよね。中型艦の多層シールドなら五発や六発くらいまでならシーカーミサイルの直撃を受け止められるけど、十発二十発と撃ち込まれると厳しいわ」

「多数撃ち込まれるとレーザーを迎撃に回さなきゃいけなくなるから手数が減るんだよな」

「そして迎撃に手間取ってるうちに逃げるのよね、あいつら。でもその点に関してはクリシュナもブラックロータスもいるから大丈夫だと思うわ」

確かに新しく購入する中型艦単独だとそういった戦法で封殺される可能性があるが、クリシュナとブラックロータスもいるならその心配はない。どれかの船に攻撃を集中すれば他の二隻が攻撃に回ることになるからな。そうなると宙賊艦ではまず攻撃に耐えられない。やっぱり逃げを打たれるのが一番厄介だな。

と、そんな感じで話し合っていると企業ブースが並んでいる奥の方から人影が近づいてきた。チラリと視線を向けてみると、見るからにビジネスマンといった風体の男性と、いかにもコンパニオンといった風体のスタイルの良い美人――というか女性型アンドロイドだ。

「何か用かな？」

「ご歓談中のところ失礼いたします。私はイデアル・スターウェイ社のオータムと申します。こちらはコンパニオンのミリーです」

オータムと名乗った男性が名乗り、紹介されたミリーという名の女性型アンドロイドが綺麗《きれい》なお辞儀をする。

「キャプテン・ヒロ様でいらっしゃいますね？」

「いかにも。それで？」

「単刀直入に申し上げますと、当社商品の売り込みですね。こちらのミリーは少々耳が良いのです。意図せずヒロ様達のお話しされている内容を聞き取ってしまったわけで」

「まぁ、別に盗み聞きを咎《とが》めたりはしないさ。わざわざこんなところで普通に話しているわけだしな」

意図せずとか言っているが、まぁ意図的なものだろう。高性能な聴覚センサーを装備している女性型アンドロイドをコンパニオンとして使って、コンパニオンとしての役割だけでなく情報収集もさせているということなんだろうな。

「それで？　天下のイデアルが俺みたいなチンケな傭兵にどんな特別なお話を持ってきてくれたって？」

イデアル・スターウェイ社と言えば帝国航宙軍に艦船を供給している半分国営みたいな立ち位置の超巨大シップメーカーである。作る船のデザインは洗練されており、性能の特性としては中庸。速度も装甲も一定以上の水準を満たし、拡張性も悪くなく、他社に比べると価格も安め。良く言えば万能、悪く言えば中途半端な船を多く作っているシップメーカーだな。

「またまたご冗談を。皇帝陛下の覚えめでたく、ゴールドスター受勲者にしてプラチナランカーでもあるヒロ様が自らチンケな傭兵と自称するというのは流石《さすが》にご謙遜《けんそん》が過ぎるのでは？」

「それはそうね」

「それはそうですね」

「せやな」

「ですね」

俺以外の全員がオータム氏の発言に同意する。俺の後ろに控えてずっと無言を貫いていたメイさえも頷《うなず》いている。なんだなんだ？　アウェイか？

「ＯＫＯＫ、俺が悪かった。それで、単刀直入に話をしてくれるんだろ？　まぁ座ってくれよ」

「ありがとうございます」

俺が席を勧めるとオータム氏はテーブルを挟んだ俺達の対面に腰を下ろした。ミリーはオータム氏の後方に立って控えている。

「それで、そちらのミリーさんはさっきの話から俺達がどのような船を欲しているのか理解してるってわけだよな」

「はい。それで、私どもからはこちらの船を提示させていただくのがよろしいかと思いまして」

そう言って彼はタブレット型の情報端末をテーブルの上に置き、こちらへと手で押してみせた。

ふむ？　このテーブルにはホロディスプレイが着いているからそちらにデータを転送すれば表示できるはずなんだが？　わざわざタブレットの画面で見ろというのはなかなかにきな臭いな？

「それじゃ遠慮なく」

タブレット端末を手に取り、画面に目を落とす。

表示されているのはシャープな見た目の中型艦だ。尖《とが》った形状の艦首が特徴的な流線型の優美なデザイン。しかし後部はゴツく頑丈そうに見える。この優美さとゴツさが合わさったヒロイックなデザインがいかにもイデアル製だな。

表示されている3Dモデルを回転させてみると、メインスラスターは大型のものが三基に小型のものが二基。加速性能はかなり良さそうだ。サイドスラスターの配置も多く、意外に小回りも利きそうに見える。実際には艦の重量に対する出力比がどうかわからんから、意外に重いかもしれんが。もしかしたら直線だけ速い真《ま》っ直《す》ぐ番長な機体かもな。

「船の中央、両サイドについてる機構はなんだこれ」

艦の両サイドにボコッと円盤のようなパーツがついているのだが、見覚えのない装置だ。少なくともオプションパーツの類でこんなものは見たことがない。

「見たことないわね……電子戦装備のようにも見えるけど」

同じ画面を覗《のぞ》き込んでいるエルマが細い顎《あご》に手を当てて首を傾げる。確かに電子戦装備――ECM発生装置か増幅装置か何かのように見える。

「それがその船の目玉でして。まぁ試作的な意味合いの強いモノなのですが」

「おいおい、俺達に試作機のテストをやれってか？」

「実働試験は完璧《かんぺき》にパスしている信頼性の高い装備ですよ。まだ一般流通していない装備であるというのは確かですが」

「実戦データが欲しいってわけね……で、これ何なの？」

「社内ではグラビティジャマーと呼ばれています。所謂《いわゆる》対ＦＴＬトラップの小型版です」

オータム氏はそう言ってニヤリとなかなかに悪い笑みを浮かべてみせた。なるほど、俺達の話を聞いていたなら自信たっぷりに近づいてくるわけだ。

☆★☆

ドヤ顔をしているオータム氏をよそに俺達は顔を見合わせ、無言で視線を交わしてからオータム氏に向き直った。

「そんな都合の良いものがこんな都合の良いタイミングで」

「怪しいセールスはお断りなんだけど」

「何か法外な交換条件でも提案するんですか？」

「それともなんか欠陥でもあるんか？」

「爆発でもするとか？」

「いや、そういうのではないですから。私は正真正銘イデアル・スターウェイ社の営業課の人間ですし、騙《だま》そうともしていません。至極真っ当な営業取引を提案しているだけです」

俺達全員に一斉に疑われたオータム氏が慌てて手を振って俺達からかけられた嫌疑を否定する。

本当にござるかぁ？　こうして商品に自信のあるシップメーカーからの営業はある程度想定していたとはいえ、流石に一般流通していない機密装備を搭載した新型試作艦を持ってくるというのはいくらなんでも都合が良すぎるだろう？

「欲しい物を欲しい時に持ってくる商売人は疑ってかからないとな」

「流石はプラチナランカー、用心深いですね」

オータム氏が苦笑いを浮かべたところでメイが口を開いた。

「確認致しました。フィリップ・オータム氏は間違いなくイデアル・スターウェイ社所属です」

「そうか。ならまぁ、信用はして良いわけだな」

「本来はここで営業活動をしている時点で大丈夫なはずなんですけどね」

俺達のやり取りを見てオータム氏が更に苦笑いする。

「すみません、私達ってトラブル体質というかなんというか……」

「黙っててもトラブルが寄ってくるから、めちゃ警戒心強くなっとんのよ。ごめんな」

「いえいえ、お気になさらず」

疑われるくらいなら気にもならないのか、オータム氏は苦笑いを引っ込めて実ににこやかな営業スマイルで対応してくれた。うーん、この変わり身の早さは流石だな。

「それで、グラビティジャマーでしたっけ。対ＦＴＬトラップの小型版って話ですけど、よく小型化できましたね。アレは消費エネルギーが大きすぎて大型艦――最低でも駆逐艦クラスのジェネレーターを使わないとまともに使えないって話でしたけど」

ウィスカが質問をすると、オータム氏はその質問に頷いてから口を開いた。

「小型版というだけあって機能はだいぶ制限されていますよ。対ＦＴＬトラップは元々グラビティブラストという重力波収束砲として開発された機構を流用したもので、簡単に言えば大出力の重力波を放出することで超光速ドライブを強制停止させ、更に再起動も阻害するというものでした。元々が戦艦の主砲として作られたものですから、要求エネルギー出力も大きく、そのままでは小型化が難しかったわけです」

「なるほど。それで、制限というのは？」

「グラビティジャマーは既に超光速ドライブを起動して超光速航行中の船を止めることはできません。対ＦＴＬトラップはごく簡単に言えば強力な重力波を放射することによって対象となる艦船の質量に干渉し、超光速ドライブを強制停止させるという原理でＦＴＬを阻害するわけですが、グラビティジャマーは直近に大質量があるという風に船のセンサーを騙して、超光速ドライブのセーフティを誤動作させます」

「ああ、なるほど。実際に質量を変化させるんじゃなく、近くにデカい小惑星なりコロニーなり大型艦なりがいるぞ、と船のセンサーに誤認させて超光速ドライブの起動自体を妨げるっちゅうわけか。そんなら確かにそんなにエネルギーは消費せんかもやね」

ウィスカとティーナがオータム氏に技術的な質問をしているが、俺は半分程度しか理解出来んな。多分、聞いている俺達にもわかりやすいように話をしているんだと思うが。

「要約すると、超光速ドライブで突っ込んでくる船は止められないけど、戦闘中に超光速ドライブを起動して逃げようとする船は止められると」

「そういうことですね。有効範囲は凡そ半径50ｋｍほどです」

「半径50ｋｍね……あまり広くはないわね」

「そうだな」

普通に半径50ｋｍと聞けば滅茶苦茶に広範囲に聞こえるだろうが、最大出力でスラスターを噴射すると遅くとも秒速１０００ｍ、速い船なら秒速５０００ｍとか出る宙間戦闘においてはさほど広いと言えるような範囲でもない。まぁ、決して狭いというわけでもないが。

「まぁ、船が動けばそれだけ範囲も移動するわけだし十分使えそうではあるな」

「そうね。問題は船のスペックだけど」

エルマの言う通り、グラビティジャマーが有用な装備であったとしても船の機動力や火力、防御力がお粗末なのでは使いようがない。それならグラビティジャマーをブラックロータスにつけたほうが遥《はる》かにマシだ。

「勿論《もちろん》、船の性能も妥協はしておりませんとも。大型の新型ジェネレーターとグラビティジャマー用のエネルギーキャパシタを搭載しているので、その分居住性や積載能力は犠牲になっていますがね」

タブレット端末で確認する限り、確かに居住スペースは狭いしカーゴスペースも最低限だ。ただ、その分ジェネレーターは大型で出力には余裕があり、大型のキャパシタを積んでいるので瞬間的に大出力のエネルギー兵器を運用することも可能だな。まぁ、本来はキャパシタに溜《た》めたエネルギーをグラビティジャマーの駆動に使うのだろうから、火力方面でキャパシタの容量を使ってしまうとグラビティジャマーの使用可能時間に響きそうだが。

「大型ジェネレーターもキャパシタもグラビティジャマーも後部ブロックに積んでるのね。なら、前部ブロックは交換できるのかしら？」

「可能です」

「なるほど」

イデアル製の航宙艦はイデアル・ブロックシステムを採用しており、艦を前部ブロックと後部ブロックに分けて自由に組み合わせることができる。

後部ブロックには主にジェネレーターやシールドジェネレーター、スラスター、カーゴスペースなどが集中して配置されており、ジェネレーターの大きさやメイン・サブスラスターの数、カーゴスペースや居住スペース、その他装備の格納スペースなどに使える区画の大きさなどによって色々と種類がある。一方、前部ブロックには主にレーザー砲などの兵器を装備するスロットの数やミサイルポッドや魚雷発射管の数、その他にはセンサー類などの設置スロットの位置や数がそれぞれ違うものが用意されている。

そしてこのブロックシステムの有用性は船が損傷を負った際に容易にブロック単位で交換が可能という点である。前部ブロックが損傷したなら前部ブロックだけを別のものに付け替えて迅速に戦線に復帰することが可能なのだ。その分若干船体の耐久性が犠牲になっているわけだが、基本的に航宙艦はシールドで攻撃を受け止めるものだからな。船体の耐久力は二の次にされがちなのである。

「後部ブロックは固定として、前部ブロックは……今の構成だとクラスⅡの砲スロットが六門、ポッド系スロットが二門の計八門か」

「火力としてはまぁまぁね。でもこっちのブロックの方が良いんじゃない？」

「ああ、そうだな。クラスⅢ二門にクラスⅡ二門の方が使い勝手は良いかもしれん。こっちにもシーカーミサイルポッドは二門つけられるしな」

武装のクラスについてはクラスⅠが小型砲、クラスⅡが中型砲、クラスⅢが大型砲だと考えればほぼ問題ない。

クラスⅠの砲は一部の偵察用小型高速艦が使うもので、民間船を叩《たた》くのには十分だが戦闘艦同士での戦いではほぼ役に立たないレベルのものと思って良い。宙賊がよく使うのはこのクラスだ。

クラスⅡの砲が標準的な威力の砲で、航宙艦の武装として最も普及している。その為《ため》非常に種類も豊富で、用途に合わせて様々な武器を選ぶことができる。

最後にクラスⅢの砲だが、これは市場に流通している航宙艦用の砲としては最大クラスのものだ。大きいだけあって火力も高いが、それだけエネルギーの消費も大きい。ただ、威力が高いということは航宙艦のシールドを短時間で飽和させられるだけの性能を持っているということでもあるので、エネルギー出力が許すのであればやはりクラスⅢの砲は強力である。

クラスⅡの武器を沢山積むべきなのか、それとも手数が少なくなってもクラスⅢの武器を積むべきなのかという議論はＳＯＬ《ステラオンライン》でも盛んに行われていたが、俺は射程にも威力にも優れるクラスⅢの武器を積む派である。継続火力よりも瞬間火力派なのだ。

航宙戦闘では継続火力を発揮しようにもそうそう攻撃を長い時間当て続けられるものでもないからな。静止目標に対してなら継続火力が高いほうが有利だとは思うが、動目標に対してなら攻撃を叩き込める一瞬で火力を発揮できたほうが有利だろうと俺は思っている。

「データを見る限り、機動性も悪くはないわね。シールドもまぁまぁのを二枚積むだけの余裕はありそうだし」

「火力面もまぁ、中型艦としては及第点ってところだよな。機動性とグラビティジャマーも合わせれば総合性能はかなり高いな。つまり――」

「「実にイデアルらしい機体だな（ね）」」

俺とエルマの声が見事にハモった。グラビティジャマーはともかくとしてその他の性能は実に可もなく不可もなく。突出した性能は無いが、全体的に良いバランスでまとまっているし、イデアル・ブロックシステムという利点もある。

「後は値段次第だな」

予算の範囲内かどうか。それが問題だ。

☆★☆

「なるほど」

提示された金額は凡そ１２００万エネル。中型艦の価格としてはまぁまぁ妥当、というか安めの価格であった。

「これは素の状態だよな？」

「そうですね、概《おおむ》ね傭兵《ようへい》の方々が言うところの『素』とか『バニラ』といった状態の価格です」

ということは、ここからカスタマイズで更に金がかかるわけだ。所謂《いわゆる》『素』とか『バニラ』の状態の艦というのはシップメーカーが提示している標準装備ということである。普通はここからジェネレーターをより強力なものに置き換えたり、シールドや装甲、武装を換装したり追加したり、生命維持装置や医療ポッド、その他内装などを整えていく形になる。特に高いのは高出力のジェネレーターと装甲の換装なんだよな。

「ただ、ジェネレーターは軍用の高出力品を、キャパシタとグラビティジャマーは専用装備ですから、その分はお得かもしれません」

「そうね……特にジェネレーターは流通している高出力品よりも高性能……というか、軍のコルベット用の最新型じゃない？」

「いかにもその通りです。あと、キャプテン・ヒロ様には軍用装備の販売許可が下りていますので、イデアル製の軍用装備であればご提供可能です」

「軍用装備の販売許可が下りてるって？　まぁ、あり得なくはないのか」

もしかしたらゴールドスターの受勲時に許可が下りたのかもしれない。いや、ひょっとしたら軍用戦闘ボットを購入する際にセレナ中佐が手を回したのか？　どちらにせよ軍用装備を購入できるのはありがたいな。

基本的に軍用装備というのは市場流通品よりも高性能のものが多い。同じくらいの性能であれば概ね信頼性も高い。ただ、古い装備をずっと使っていたりすることもあるし、たまに大外れがあったりするのでその辺は注意しなくてはならなかったりする。

やったー軍用品だー！　と飛びついてみたら、うん十年とか下手すると一世紀オーバーの旧型品だったりすることがたまにあるからな。まぁ古いものは信頼性が高かったりする名機というか名器ってことも多いんだが。

「正真正銘帝国航宙軍の制式軍用装備をご用意できますよ。装甲も、武装も選《よ》り取《ど》り見取りです」

「まぁそこはパイプが太いやろなぁ」

「イデアルだもんね」

整備士姉妹がさもありなんという表情で苦笑いを浮かべる。イデアル・スターウェイ社は帝国航宙軍に多くの船を卸している帝国随一のシップメーカーだ。当然ながら、装甲や武装、その他諸々《もろもろ》の艤装《ぎそう》を製造しているメーカーとのパイプも太い。太い上に直通みたいなもんである。

「それじゃあ予算の範囲内で盛り盛りでいくかね」

「良いけど、元が取れるかわからないわよ？」

「良い装備にしておけば生存率が上がる。それだけで丸儲《まるもう》けだろ」

「そうかしら……？　そうかもね」

安い機体を使ってポンポン壊して修理費用を嵩《かさ》ませるくらいなら高性能な機体を組んで傷一つつけずに戦い続けられる方がトータルコストは安くなったりするし、何より変なところでケチってエルマが乗った船が撃沈されるのは絶対に駄目だ。ベストを尽くしてなお撃沈されることは無いとは言えないが、ベストを尽くさずに撃沈されてエルマを失うようなことになったら俺は一生後悔するだろうからな。

「そう言えば船の名前は？」

「開発コードは【ＩＳＣＸ－３１７ Ａｎｔｌｉｏｎ】です」

「アントリオン……アリジゴクか。なるほど」

「おや、ご存知で？」

納得した俺を見てオータム氏が意外そうな顔をする。そりゃアリジゴクくらい知って……って、そうだな。普通コロニーで生まれてコロニーで育ったコロニストは昆虫のことなんて知らないし、惑星生まれだとしてもテラフォーミングされた惑星なんかは基本的に生物相が貧弱だったりするからアリジゴクのことを知らない人も多いだろう。そもそも、アリジゴクがこの世界というか宇宙でどれくらい知られているのかもわからんが、彼の反応を見る限り知っている方が珍しいような知識なんだろう。

「地面にすり鉢状の穴というか罠《わな》を作って小さな虫を捕食する虫でな。まぁ見た目はあんまり良くないんだが、羽化するとなかなか優美な姿になって飛翔《ひしょう》するんだ」

しかし俺の記憶では確かアリジゴク――ウスバカゲロウはあまり飛ぶのが得意ではなかったはずだが、こいつは大丈夫なんだろうな？

「本当によくご存知で。生物学に興味がお有りで？」

「たまたま知ってただけだ。で、アントリオンね。名前の響きは悪くないんじゃないか？」

「そうね。シップネームもそのままアントリオンで良いわね。装甲とスラスターは軍用規格の最上位品にするとして、武装はどうしようかしらね」

「無難にシーカーミサイルポッド二門、クラスⅡのレーザー砲二門と、メインもクラスⅢのレーザー砲で良くないか？」

「本当に無難ね」

強力な軍用規格のクラスⅢ、クラスⅡレーザーに瞬間火力とマルチロック攻撃による面制圧もできるシーカーミサイルポッドという組み合わせは無難で隙がない。

「無理して奇をてらった武装を選択する必要はないと思うけどな」

「シャードキャノンと対艦反応魚雷を装備しているヒロが言うと説得力があるわね？」

「機体に合わせた最適な装備を模索した結果だ」

エルマの皮肉に肩を竦《すく》めて答える。ごく短射程だが高威力のシャードキャノン——散弾砲と、弾速が極めて遅く当てるのが困難な対艦反応魚雷をクリシュナに積んでいるのは、機体の特性に合わせたからだ。

別に散弾砲を大口径レーザー砲に換装することもできるし、魚雷発射管をシーカーミサイルポッドにすることもできるわけだが、そうすると大型艦やそれ以上の特大艦に対する打撃力が激減してしまうんだよな。小型や中型相手には基本敵に四門の重レーザー砲だけで十分以上に渡り合えるし。

「まぁ、最初は無難な構成で戦って後からカスタマイズしても良いわね。そもそも、機体の設計思想的に高速戦闘を想定しているわけじゃなさそうだし」

「どちらかと言うと支援艦だものな。前に出てブンブン戦うような機体じゃないし、あまり攻撃に偏重する必要はないんじゃないか？」

「うーん、でも折角大容量のキャパシタがあるんだし、クラスⅢのスロットは普通のレーザー砲じゃなくてもっと高出力の武器を装備するのが良いんじゃないかしら。遠距離から中型艦を仕留められる武装があると総合力が上がるわよね？」

「確かにそれはそうだな」

エルマの言うことにも一理ある。クリシュナの装備で中型艦を速やかに仕留めるには接近して散弾砲か対艦反応魚雷を撃ち込む他なく、対艦反応魚雷なんて使った日にはオーバーキルもいいところである。ブラックロータスの火力なら中型艦も楽に仕留められるが、そもそもブラックロータスの射程に中型艦が入ってくれるかは運次第だし、艦首の大型ＥＭＬなんぞを撃ち込んだ日にはやはりオーバーキルに過ぎる。そうなると確かに適正な距離から中型艦を仕留められるような火力がアントリオンにあると大変に助かるな。

「対小型艦への自衛に関してはシーカーミサイルと軍用のクラスⅡ高出力レーザー砲が二門もあれば十分でしょ。私が思いつくのはプラズマキャノンだけど、ヒロはどう思う？」

「プラズマキャノンは悪くないと思うが、当たるか？」

プラズマキャノンは威力は申し分ないが、弾速が遅くて当たりにくい。動きの鈍い大型艦ならともかく、そこそこに動ける中型艦相手だとなかなかに当てるのは難しいだろう。小型艦相手だと乱戦か超近接戦で不意でも打たないとまず当たらない。

「練習が要るでしょうね。逆に小型艦相手に特化するならレーザービームエミッターでも良いけど」

「あれは確かに射程も長いし避けるのも難しいが、エネルギー管理と熱管理が面倒だろう……」

「私は嫌いじゃないけどね。スワンでも使ってたし」

レーザービームエミッターというのは通称ゲロビとか呼ばれるタイプのレーザー砲である。

一般的にレーザー砲と呼ばれているのは所謂パルスレーザー砲で、強力な光線をごく短時間照射し、対象の表面要素を一瞬で蒸発、爆発させてダメージを与える——といった感じの理屈の兵器である。少なくとも俺はそう理解している。整備士姉妹かメイに聞いたらまた別の答えが出てくるかもしれないが。

対するレーザービームエミッターによる攻撃は、パルスレーザーに比べると出力の低いレーザーを対象に照射し続けることによって灼《や》き、溶かし、場合によっては溶断するような効果を持つ。

単純な威力的には普通のレーザー砲の方が遥《はる》かに高いのだが、このレーザービームエミッターの厄介なところはシールドではその攻撃を完全に防げないという点だ。どういう理屈かは知らないが、SOLでは攻撃出力の30％ほどがシールドを貫通して直接装甲と船体にダメージを与えてくる。

これがなかなかに厄介かつ便利な特性で、足は速いが装甲が薄く、船体が脆《もろ》い機体にはよくぶっ刺さるのだ。文字通り光速の回避困難なゲロビで速度特化の機体が遠距離から灼かれて爆発四散……なんて光景が割とあちこちで見られたりする。

ついでに言えば、シールド性能が低い上に装甲も船体耐久力もペラッペラな宙賊艦にもこれがまぁぶっ刺さる。他にはシーカーミサイルや魚雷などの比較的低速な飛翔体——宇宙空間で飛翔体というのもなんだか変な気がするが——の迎撃にも向く。

逆に対熱、対レーザー防御がしっかりしている防御の堅い船には弱い。泣けるほどに弱い。なんだァ？　その豆鉄砲は？　と言われて逆襲されるのがオチである。うちで言えばブラックロータス相手にはほぼ効かないと言っても過言ではない。

「大物対策には対艦反応魚雷とブラックロータスのＥＭＬがあるし、アリっちゃアリか……？」

「遠距離から中型艦を灼けるのは良いと思うのよ。小型艦もこんがり灼けるし。宙賊の船って生命維持装置とか消火装置とか貧弱だから、ちょっと炙《あぶ》ってやればすぐ行動不能になるのよね」

「そういうことでしたら、戦艦の迎撃兵装にも使われている高出力レーザービームエミッターなどはいかがでしょうか。標準ハードポイントにも対応しているので、アントリオンにも装備可能ですよ」

オータム氏がここぞとばかりに売り込みをかけてくる。スペックは良さそうだし、運用してみるのもアリか。そう考えながら、俺は装甲やスラスターなども含めた値段交渉を始めるのであった。

☆★☆

「ありがとうございます。それでは速やかに納品できるよう全力を尽くしますので」

「はいよ。俺としては速さよりも良い仕事を期待するよ」

「承知致しました。不備などがないよう徹底するように言っておきます」

そう言ってオータム氏はホクホク顔でブースへと戻っていった。今回、エルマの船――アントリオンの購入にかかった金額は総額で凡そ１８００万エネルだ。中型艦なので流石にブラックロータスよりもかなり安い。標準的な中型艦を一隻仕上げる費用としてはほどほどといったところか？いや、軍用装備で全身を固めてこの値段ならかなりお得だな。

内訳としては本体価格が１２００万、ハイグレードの軍用装甲への換装費用が４００万、軍用高出力スラスターへの換装費用が50万、軍用高出力レーザービームエミッター他、武装に１００万、その他生命維持装置や医療ポッド、内装の変更などに50万といったところだ。

あとはついでとばかりにブラックロータスの武装やジェネレーターも通常流通品から軍用の高出力品に換装することにした。こちらは換装する数が多いのと、高額なジェネレーターの換装ということもあって凡そ１２００万とエルマのアントリオン並みの金額が吹き飛ぶことになった。

アントリオンはジェネレーターが最初から専用の高出力品なのと、グラビティジャマーや大容量キャパシターの金額は本体価格に含まれていたからかなり安く済んだな。その代わりに運用データをイデアル・スターウェイ社に提出することになったが、それはメイがやってくれるということなので面倒もない。その分メイには今度何か埋め合わせをしなくちゃな。

「なんだかトントン拍子に決まっちゃいましたけど、他社製品を検討しなくても良かったんですか？」

「そりゃそうなんだが、見たこともないユニークな装備を見せられるとなぁ」

「最悪、使えなかったら売り払って他の船を買い直せば良いからね」

「えっ……良いんですか？　それ」

エルマの身も蓋《ふた》もない発言にミミが困惑する。

「ここでおおっぴらに俺達に売りつけてくるってことは、恐らく同業他社にもある程度知れ渡ってる装備なんだろうと思うぞ。一般に流通していないのは恐らく間違いないし、性質から考えて一般に流通するかどうかはかなり怪しい装備だけどな」

「恐らく特殊な用途の軍用装備……非正規戦部隊用かしら？」

「対象を逃さないようにして確実に仕留めるための装備だからなぁ。案外セレナ中佐の対宙賊独立艦隊向けとか、あるいはセレナ中佐の対宙賊独立艦隊の成功を受けて帝国航宙軍で専用の部署を作るのかもな」

「その新部署向けの特殊装備ってこと？　まぁ、あり得なくもないかしらね」

セレナ中佐の対宙賊独立艦隊が帝国航宙軍の内部でどのように評価されているのかはわからないが、俺達が知る限りは連戦連勝かつ一定以上の成果を挙げているように思える。同じコンセプトで動く複数の艦隊を編成して、それらをまとめる一つの部署というか艦隊？　軍団？　を立ち上げるのかもしれない。グラビティジャマーがそういった部隊向けの装備って可能性は十分にありえる。

そして、運用データを効率的に手に入れるために宙賊をメインターゲットにしている傭兵《ようへい》に対して装備を供給するというのも理に適っているように思う。イデアル・スターウェイ社とその背後にいる帝国航宙軍にどのような思惑があるのかは推し量ることしかできないが、まぁ当たらずとも遠からずといったところではないかな。

「とにかく、ある程度知れ渡っている装備なら別に売り払っても問題ないだろう。何ならイデアルが買い上げてくれるんじゃないかな」

「他社に渡すくらいならうちで回収しますってことになるかもしれないわね。まぁ、どう考えても有用な装備だから、船の性能自体には多少目を瞑《つぶ》っても良いと思うわ」

そう言ってエルマが肩を竦める。実際のところ、アントリオンの性能はグラビティジャマーと大容量キャパシターが特別なだけで、中型戦闘艦としては凡庸と表現しても差し支えない。もっと火力の高い船も、もっと足の速い船も、もっと防御の厚い船も、もっと拡張性に富む船もいくらでもある。しかし何にも代え難いグラビティジャマーというアドバンテージは大きいし、船の性能自体も文句を言うほどのものではない。そこそこに火力があり、そこそこに足が速く、そこそこに防御力もある。

固定装備があるために拡張性には乏しいが、そこはトレードオフの関係と考えれば欠点とは言えない。

「実際のところはアントリオンで決まりだと思うけどな。正直俺達に都合が良すぎるというか、求めるものに合致し過ぎていて気味が悪いが」

「同感ね」

「まぁ、そこは兄さんの悪運っちゅうか運命力の為《な》せる業やない？」

「いつもトラブルに巻き込まれる分、こういう利点もあるってことですかね？」

「割に合わん気がするのは俺の気のせいだろうか……？」

整備士姉妹のある種スピリチュアルな発言に思わず眉《まゆ》を顰《ひそ》める。それは逆に言えば、こういった幸運を拾った後に揺り戻しが来るということでは？　こんなに都合の良い出来事が起こった後とか何が起こるのか怖すぎるんだが。クリシュナかブラックロータスに籠《こ》もって物忌みでもするか？

いや、閉じこもっていたら物忌みどころじゃねぇな。肉欲は断てないわ。

「船の方は目処《めど》がついたし、次はヒロの軽量型パワーアーマーでも探す？」

「それでも良いが、ブラックロータスも改修のために預けることになるから滞在の準備をした方が良いんじゃないか？」

「はい、それが宜《よろ》しいかと」

「それじゃあ荷造りとホテルの手配ですね！　ホテルの手配は任せてください！」

俺の言葉にメイが頷《うなず》き、ホテルの手配と聞いてミミが自分の仕事ができたと勢いづく。

「あ、できればなんやけどうちの会社への出勤が楽なとこでお願いしてええかな？」

「お姉ちゃん、図々《ずうずう》しいよ……」

「任せてください！」

ミミとティーナがキャッキャしながらホテル選びを始め、ウィスカも若干呆《あき》れながら一緒になってタブレット端末を覗《のぞ》き込み始める。メイは相変わらず澄ました顔で佇《たたず》んでおり、エルマはというとなんだか難しげな表情をしていた。

「どうした？」

「いえ、なんていうか……改めて考えると高い買い物よねって」

「それはそうだな」

否定するようなことでもないので素直に頷いておく。１８００万エネルという価格はエルマの言う通り高い買い物だ。正直に言えば値段相応の稼ぎを出すまでにどれだけの時間がかかるかもわからない。ランニングコストも考えれば相当な時間がかかることだろう。それでもクリシュナとブラックロータスの二隻で戦うより安全性は上がるはずだし、稼ぎも増えるはずだ。一度に動かせる船が三隻になれば単に宙賊を狩るだけでなく、何らかの依頼を受けて稼ぐということもやりやすくなるだろう。高い買い物ではあったが、俺は今回の買い物を無駄な買い物だとは思わない。

「お金を出したのはヒロだけど、私の船……よね」

「そうだな」

「なんて言ったら良いのかわからないけど……どうやって返したら良いのかしら」

「返す？　何を？　船を？　なんで？」

エルマの訳のわからない物言いに頭の中が疑問符でいっぱいになる。お前は一体何を言っているんだ？

「いや、船じゃなくて……恩というかなんというか？　ほら、私って結局ヒロに助けられっぱなしで、お金も返してないし……」

そう言ってエルマが難しい顔をしながらやり場のない感情を表すかのように手をわきわきとさせ

る。何それは。気でも練ってるの？

「うーん……まぁ確かに金は返して貰《もら》ってないというか、今更そんなものはどうでもいいんだが」

「どうでもいいってあのね……」

「俺の望みはエルマと一緒にいて……なんというか、今まで通りに面白おかしく？　傭兵生活を続けることなんだよな。それだけで俺は満足だから。だから金がどうとか、恩を返すとかはどうでもいいというか、十分に満たされているわけで」

お互いに顔を見合わせて唸《うな》る。多分、俺もエルマも同じような表情をしていると思う。

「なにあの。高度なイチャつきはなに？」

「高度、かなぁ？」

「ここはステイ。見守るところ……」

外野がなんかうるさいな。そしてミミは何故《なぜ》精神統一でもするかのように目を瞑っているのかね？

「とにかくそこはあまり深く気にしないでいつもどおりに」

「いつもどおりね」

「いや少し優しくしてくれるとかむしろ甘えてくれるとかはウェルカムだが」

「ぷっ……気が向いたらね」

そう言ってエルマは笑い、顔を寄せて俺の頬にキスをしてきた。後ろが煩《うるさ》いが、とにかくなんとなく俺の気持ちは伝わったようなのでヨシ！　あとは気が向いてくれることを祈るばかりだな。エルマさんは気分屋だから。

＃3：属性過多の狐巫女《きつねみこ》

　船の発注を終えた俺達はホテルに活動の場を移すべく行動を開始した。まぁなんてことはない。数日――もしかしたら一週間かそこらの期間ホテルに滞在することになりそうだから、その間の荷物を取りに行くだけの話だ。俺が持ち出すのは着替えやちょっとした身の回り品くらいのものだが、ミミ達女性陣はそういうわけにもいかないのだろう。まぁ、いざとなったら必要なものは滞在先で用意すれば良いわけだから、そこまで大荷物にする必要はないと思うんだが。

「ホテルへの宿泊となるとどうしてもセキュリティ上の問題を排除できませんね」

　さっさと荷物を用意してブラックロータスの休憩スペースで待っていると、メイが呟《つぶや》いた。

「それはそうかもしれないけど、レーザーランチャーとかハチェットガンとかパワーアーマーとか軍用戦闘ボットを持ち込むわけにも行くまいて」

　そう言いつつ俺が座っているソファの隣をポンポンと手で叩《たた》くと、俺の後ろで控えていたメイが「失礼します」と言って俺の隣に腰掛ける。こうしないとメイは俺の隣になかなか座ってくれないんだよな。

「メイにはいつも苦労をかけるな。いつも世話になってるんだし、少しくらいわがままを言ってくれても良いんだぞ？」

「十分にわがままは言わせて頂いております。ブラックロータスを砲艦化して頂いたこともそうですし、この度は軍用装備への換装もして頂きました。それに軍用戦闘ボットの配備もして頂きました。そしてご主人様は私のことをミミ様やエルマ様と同じように扱ってくださっています。これ以上のわがままなどとても」

「そっかぁ……俺はもっとメイにわがままを言ってもらったり、甘えてもらったりしたいんだけどなぁ」

「ご主人様が私に甘えてくださるのはいくらでも。いつものように」

「OK、その話はやめよう。俺が悪かった。でももっとわがままを言っても良いからな？　それが俺の望みならメイは叶《かな》えてくれるよな？」

「……善処致します」

メイにしては珍しく断定的ではないふわっとした返答である。イエスにしてもノーにしてもメイははっきり言うことが多いんだけどな。自分の価値観というかポリシーと、俺の甘言が彼女の中で拮抗《きっこう》しているのかもしれない。

そうしてメイとコミュニケーションを取りながら待っていると、エルマ達が現れた。

「ミミだけ荷物でかくね？」

「エルマさん達が少なすぎるんですよ……」

エルマもティーナもウィスカもさして大きくもないボストンバッグのようなものを一つ持っているだけで、ミミと比べると荷物は半分以下である。まぁ、体格の差のせいでティーナとウィスカは荷物が大きく見えるけど。対するミミは同じようなボストンバッグを二つに大きなスーツケースのようなものまで引っ張っている。

「ミミ様、よろしければお持ち致します」

「ありがとうございます、メイさん」

そう言ってミミが大きなスーツケースをメイに引き渡すと、メイはそのスーツケースを軽々と持ち上げた。まぁ、メイだから驚きはしないが。

「お嬢様方、よろしければ私も荷物をお持ち致しますが？」

「何よ突然。気持ち悪いわね」

「気持ち悪いは酷《ひど》くない？」

「兄さんに気障《きざ》なのは合わんなぁ」

「あはは……」

いつもはこういう時にフォローに回ってくれるウィスカすらフォローしてくれない。どれだけ似合わないんだよ。確かにガラじゃないのは認めるけどもさ。

「まぁ揃《そろ》ったようだし行きますかね。もうホテルは決まってるんだろ？」

「はい！　もう予約も入れてありますからチェックインするだけです！」

そう言ってミミがまだ多い荷物を抱えたままフンスと鼻息を荒くする。

「案内するなら両手が空いてたほうが良いだろ。荷物持つよ、ほれ」

「それじゃ私も一つ持つわ」

「あ、う……それじゃあお願いします。すみません」

俺とエルマがミミの荷物を一つずつ受け持ち、それでミミの両手が自由になった。ナビは身軽でいてくれたほうが良いからな。街中で突然襲われるようなことにはならないだろうし、俺とエルマとメイの手が塞《ふさ》がっていても問題はあるまい。いざとなりゃ荷物なんて地面に放り捨てれば良いんだし。

「戸締まりヨシ！　行くかー」

荷物を用意して人数が集まったら後はもう出発するだけだ。クリシュナをブラックロータスのハンガーから出して停泊させ、ブラックロータスは改修のために専用のハンガーへと移送手続きをしておく。

「トラムで移動すればすぐですよ」

「ほい。皆はぐれないようにな」

「子供じゃないんだからはぐれないわよ……」

コロニー内高速移動システム――トラムの駅は港湾区画のすぐ近くにある。このウィンダステルティウスコロニーはウィンダス星系のメイン貿易コロニーなので、必然的に滞在人口も多くなる。そのため、コロニー内物資輸送システムも移動システムもしっかり整備されている。まぁ、いちいちコロニー内高速移動システムなんて呼ぶのは長いから、もっぱらトラムと呼ばれているのだが。

ちなみにトラムというのは路面電車とか市街電車とかそういう意味の言葉である。英語だったかな？　俺が最初にこの単語を聞いたのは宇宙最強のエンジニアが化け物を解体して回るゲームの中だったと思う。

とにかく俺達は港湾区画にあるトラム駅から商業区画のトラム駅へと移動した。交易コロニーの玄関口である港湾区画から交易コロニーの中心地へと向かうトラム内は流石《さすが》に人が多い。スリや痴漢などにも気を配っていたのだが、俺が腰に差している一対の剣の効果か俺達の側《そば》に近寄る者はいなかった。具体的に言うと、俺達の周りにだけ少し空白地帯がある。貴族というか貴族の持つ剣の威光ってすげぇな。

「俺、貴族じゃないんだけどな」

「これ見よがしに剣なんて持ち歩いてたらこうなるし、ヒロは名誉子爵じゃないの」

「そう言われるとそう」

ちゃんとジャケットに銀剣翼突撃勲章とゴールドスターの略章はつけてある。でも一般人はこんなの見ないし、知らないんじゃなかろうか？　ああいや、普通見ないから着けてる上に剣も持ってる俺が避けられてるのか。なるほどな。トラブルを避けられるのは悪いことじゃないしあまり気にしないでおこう。

☆★☆

トラムでの移動を終え、駅へと降り立って外へと出る。

「いやぁ、これは凄《すご》い人出やね」

「それになんでもかんでもおっきいし、天井が高いよね。空間の使い方が贅沢《ぜいたく》だよ」

駅の外に出るなり、整備士姉妹が辺りを見回して感心したような様子を見せる。ブラド星系のコロニーは主な住人がドワーフだったせいか、道は狭いし天井も低いしで圧迫感が凄かったんだよな。


――見つけた！――


「――ッ！」

先程よりも強烈な……なんだこれ？　声とも違う。脳？　いや、心に直接感情がぶつかってきているような感覚だ。もしかして何らかのサイオニック能力か？

「ヒロ？　もしかしてまた？」

「ああ……なんか変な感じが。皆は何も感じないのか？」

「何も感じませんけど……ヒロ様、大丈夫ですか？」

エルマとミミが心配そうな表情をする。大丈夫といえば大丈夫なんだけど、突然頭の中に声が響くからびっくりするんだよな。

「ご主人様」

メイが俺を呼ぶ。警戒感を滲《にじ》ませた声だ。彼女の視線を追うと、雑踏の向こうに目立つ姿を見つけた。白い女の子だ。髪の毛は白髪――いや銀髪だろうか？　それに白い服。どことなく巫女服のような雰囲気を感じる。なんというか、ひらひらとしていて宗教色を感じさせる服装だ。

「うっ……」

彼女の視線がこちらを捉《とら》えたその瞬間、思わず僅《わず》かに仰《の》け反《ぞ》ってしまった。

親愛の感情。紛うことなきそれが奔流のように俺に押し寄せてくる。好き好き愛してる、みたいなとんでもないプラスの感情の波が暴風のように叩きつけられる。なんだこれは。一体どうすれば良いんだこれは。

「ヒロ？」

「ちょっと、ちょっとまって」

エルマが俺を心配して肩を揺すってくるが、俺はそれどころではない。満面の笑みを浮かべ、頭の上の獣耳をピンと立て、見るからにモフッとしている三本の尻尾《しっぽ》をフリフリしながらこちらへと歩いてくる白い女の子。そんな彼女から放射されている親愛の感情に押し流されてしまいそうだ。なんというかこう、眩《まぶ》しい。全く危機感を感じるような類のものではないんだが、圧倒されそう。

「ご主人様、バイタルが乱れています」

「そりゃ乱れてるだろうな……ッ！」

なんだろう、この懐かしくも甘酸っぱく胸が苦しい感じ……これは、ときめき……？

いや待て。思春期の中学生か。落ち着け、クールになれ。どうしてそんな感情が前触れもなく溢《あふ》れ出て来るんだよ。おかしいだろう、常識的に考えて。

「あの子に何かされてるの？」

エルマもメイと同じく警戒感を滲ませた声で呟き、レーザーガンが収まっている腰のホルスターに手を伸ばした。俺はその手首を掴《つか》み、止める。

「待て、違うんだ。あの子に悪意や害意は無い」

「それってどういう……」

「とにかく落ち着いてくれ……十中八九、危険は無いから」

もはや白い女の子と俺達との距離は十歩もない。こうしている間にも彼女は俺達の元へと到達するだろう。俺が冷静な状態なら彼女から逃げるべきかどうかとか、また厄介事だとか嘆くのだろうが、今はその余裕もない。胸の高鳴りが止まらないのだ。

「やっとお会いできました！　我が君！」

「わが……きみ……？」

俺の目の前。手を伸ばせば届きそうな位置で立ち止まった白い女の子の言葉に辛うじて反応する。遠目からではよくわからなかったが、かなり若い。俺の目にはミミと同じくらいの年頃に見える。目の色は明るい黄色だ。金色と言っても良いかもしれない。かなりの美人さんである。そして何より目立つのが、頭の上のモフッとしている尖《とが》った耳。猫というよりは犬か狼《おおかみ》、尻尾の具合も考えるともしかしたら狐の耳かもしれない。巫女系白銀三尾狐娘とか属性過多が過ぎないか？

「とにかく、少し落ち着いてくれ……君から迸《ほとばし》ってくる感情に押《お》し潰《つぶ》されそうだ」

「私の……？　申し訳ありません。我が君、少しお手を拝借します」

「あっ……」

白い少女が両手で俺の右手を取って包み込み、それを目にしたミミが声を上げる。しかし今の俺にはそれに構う余裕がなかった。目の前の白い女の子から伝わってくる親愛の感情に意識を押し流されないように耐えるので精一杯なのだ。

「これは……目が開いている？　開いてそのままとは、なんと雑な……これではいけません。我が君、少々失礼致します」

「ちょっ……！」

エルマの慌てるような声が聞こえる中、白い女の子がその両手を伸ばして俺の頭をホールドし、ぐいっと背伸びをしてくる。そして、俺と彼女の額が触れ合った。

☆★☆

気がつけば、見知らぬ建物の中に立っていた。見覚えのない建物だ。だが、どことなく和風のテイストを感じる。俺が立っているのは建物の入り口辺りに設《しつら》えられている土間で、奥は一段高くなって板の間になっており、その奥には畳のようなものが敷かれている。

「……寺？　いや神社か？」

装飾や調度品の雰囲気から何らかの宗教施設なのではないか、ということは察せられる。しかし、何故《なぜ》こんなところに？　一体何がどうなっているのだろうか？

首を傾《かし》げていると建物の奥、畳の上に光が瞬いた。眩しさに目を細めている間に光は収束し、人の形になっていく。

「お待たせ致しました、我が君」

光が収まると、そこには先程の白い女の子が現れていた。なんと面妖《めんよう》な。個人単位の転送装置か何かだろうか？

「いいえ、我が君。ここは此《こ》の身と我が君の精神を繋《つな》ぐ回廊……つまり、精神世界です。理《ことわり》を学び、修練を積めば、姿を消すのも、変えるのも思いのままな場所なのですよ」

白い女の子はそう言って微笑《ほほえ》んだ。なるほど。しかし君、ナチュラルに俺の心を読んでない？

「はい、我が君。今の我が君は精神的に大変に無防備な状態なのです。現実に即して言えば、身に纏《まと》うものが一つもない生まれたままの姿とでも言いましょうか」

「……服は着てるが？」

自分の姿を確認してみるが、ちゃんと服は着ている。それどころか、レーザーガンも剣も腰にぶら下がった状態だ。

「それはそのように我が君が認識しているからそう見えるだけなのです。とにかく、こちらへ」

白い女の子が畳の上へと俺を誘《いざな》う。とりあえず敵意は感じられないので、俺は彼女の言葉に素直に従って靴を脱ぎ、畳の上に正座をした彼女の前に胡座《あぐら》をかいて座った。

「此の身の名は清浄供犠《せいじょうくぎ》と申します。ああ、グラッカン帝国では名を先に言うのでしたか。クギ・セイジョウと名乗った方がよろしいですね」

「クギ……俺の名前は、ヒロだ」

彼女の名前に何か大きな違和感を覚えつつ、俺も名乗る。何故彼女の名前に違和感を覚えたのかがわからなくて、もやもやする。なんだかおかしい気がするのだ、名前の響きが。そこに込められた意味が。

「はい、我が君。今後とも末永くよろしくお願い致します」

俺の疑問をよそに、彼女は屈託なく微笑みながらそう言った。この疑問ややもやもやとした心境さえもきっと彼女には丸わかりなのだろうな、先程の話から考えるに。しかし、敢《あ》えて彼女は俺の疑問に触れない。敢えて触れないのか、彼女――クギにも説明ができないからなのか。

「とにかく、色々と説明してくれないか？」

「はい、我が君。まず、我が君をこの場所にお招きした理由についてご説明致します」

「ああ、頼む」

胡座をかいたままではあるが、姿勢を正してクギの顔を真正面から見据える。

が、彼女はいきなり頭の上の狐耳をへにょりと萎《しお》れさせて少し困った顔をした。おい、いきなりへにょるな。不安になるだろうが。

「とはいえ、どこから話したものかと考えあぐねているのですが……ごく簡単に説明すると、今の我が君は非常に無防備な状態なのです。我が君のポテンシャルを考えればそう滅多なことは無いと思いますが、此の身のようにある程度法力に通じた者の手にかかりますと……」

「いいようにされてしまう？」

ポテンシャルや法力など、気になる単語がいくつかあるが、まずは核心に近そうな部分について質問することにする。

「はい。そういうことで……それもこれも目を開いたのに何の処置も手解《てほど》きもしていない雑な対応のせいなのですが」

俺はエルフ達に力の覚醒《かくせい》を促して貰《もら》ったわけだが、それはクギにとっては雑でレベルの低い処置であったらしい。言葉の端々からクギのサイオニック能力に対する理解の深さが窺《うかが》えるな。恐らくだが、サイオニック能力に対する知識や理解度に関してはエルフ達よりも彼女のほうが上なのだろう。

「雑、ねぇ……まぁその件は横においておくとして、対策は？　対策をするために俺をこの場所に招いたんだろう？」

「はい、その通りです。我が君と此の身の精神を繋ぎ、応急処置的にですが殻を作りました。既に応急処置は終わったので、あとはあちらに戻るだけです」

とても仕事が早い。実際のところ、この空間における時間の流れはどうなっているんだろうか？　というか現実の俺の身体《からだ》はどうなっているんだ？　気絶でもしているのか？　いや、今はそれは横においておくか。気にはなるが、絶対必要な情報というわけでもない。

「それはどうも……でいいんだよな？　俺のために骨を折ってくれたんだろう？」

「はい、その通りですが……あの、此の身を疑ったりはなさらないのでしょうか？」

「普通に考えるとそうするところなんだろうが、あれだけ真《ま》っ直《す》ぐな親愛の感情をモロに食らった後だとな……その、疑えない」

どうにもこうにも彼女の顔を見ていられなくなって視線を逸《そ》らしてしまう。いや、思い出すと顔から火が出そうだ。思春期の少年が初恋でもしたかのようなときめきが……思い出すだけで恥ずかしい。

「そ、その節は大変ご迷惑を……その、原因はわからないのですが、我が君は精神波の受信感度を随分と敏感になされていたようで。普通であればあの程度の精神感応であれほどに影響を受けることはない筈《はず》なのですが」

「……つまり、テレパシーのようなものに対する感度が三千倍くらいになってたと？」

「流石にそこまでではないですよ。悪意や殺意に対する感度が百倍程度、それに引っ張られてその他の感情に対する感度が五十倍程度だったと思います。これくらいの感度であれば、特に精神感応などの法力を持たない者の敵意や悪意に対してもかなり敏感に感知できたのではないかと」

「オーケー、原因が大体わかった」

十中八九原因はマリーだ。結晶生命体の群れの中で戦いながら、奴《やつ》の致命的な狙撃を避《よ》け続けるために無意識に敵意や悪意に対する感受性を上げてしまっていたのだろう。で、そのまま今まで過ごしてきたわけだ。そうと気づかずに。

「あのクソアマ、祟《たた》りやがるな……今度あったら絶対に痛い目に遭わせてやる」

「酷い人もいるものですね」

頭の中の俺のイメージが伝わっているのか、クギがプンプンと憤慨している。うむ、可愛《かわい》い。

「最低限の処置を終えたと言うなら、そろそろ元の場所に戻らないか？　あっちがどういう状況なのか気になるし」

「我が君がそう仰《おつしや》るならそれでも構いませんが、このまま色々とお話ししたほうが便利ですよ？ここでは時間の流れは無いも同然ですし、少し修練すれば我が君も私と同じように相手が伝えたいことを言葉ではなく、心で感じることができるようになります」

なるほど？　つまりこの対話は俺の主観的にそれなりに時間をかけているように感じられるが、実際には俺とクギが額を合わせた一瞬で行われているということか？　だとすると、恐ろしいほどに効率的な情報伝達手段なんだな、これは。

「それは便利かもしれないけど、俺とクギだけが互いに互いのことだけを深く理解しても駄目だろう？　俺にはミミやエルマ、メイ、ティーナとウィスカっていう仲間達がいるんだ」

「それは確かにそうですね。我が君の言う通りです」

「その我が君っていうのもな……君が俺をそう呼ぶ理由も含めて、言葉で聞かせてくれ」

「はい、承知致しました。ただ、この処置はあくまでも応急的なものです。我が君は我が君の力で自身を御す必要があることをお忘れなく」

「わかった。修行か何かが必要なんだな？」

「はい、仰るとおりです。それでは、あちらで」

クギの姿が光に包まれて消えていく。それと同時に、俺の意識も光に溶けていった。

☆★☆

「離れてください」

意識が戻った瞬間、目の前にメイのうなじがあった。彼女は俺を背に庇《かば》い、白い女の子——クギとの間に割って入っていたのだ。俺が意識をあの空間に飛ばす前には俺よりも後ろに居たはずなので、かなりの速度で割って入ったのだろう。

「メイ、大丈夫だ」

そんなメイの肩に後ろから手を置き、声をかける。すると、メイはこちらを素早く振り返り、少しだけ俺の顔を見つめた後に引き下がってくれた。

「出過ぎた真似《まね》を致しました」

「いや、ありがとう。適切な行動だったと思う」

突如現れた謎の人物がいきなり濃厚な身体的接触を行ってきたのだから、警戒するのは当然だ。それが緊急的措置で、更に善意からの行動であったとしても、事情がわからない人から見れば大変に突飛な行動であることは間違いない。

「大丈夫？　何か変なことされてない？」

「額が少し触れ合っただけだ」

「本当にそれだけですか？」

「それだけじゃないけど、むしろ俺が助けてもらったようなものだから……改めて。クギ、だな？」

「はい、我が君。そして皆様、初めまして。クギ・セイジョウと申します」

白い女の子――クギはそう言って微笑み、ペコリとお辞儀をしてみせた。

「何にせよ……ここで立ち話は目立つ。まずは目的の場所に向かわないか？」

辺りに視線を向けてから皆にそう提案する。俺はともかく、ミミ達もクギも全員が見目麗しい美女、美少女揃《ぞろ》いだ。もう既にそこかしこから「痴話喧嘩《ちわげんか》か？」だとか「あの人相が悪い男をあんな女の子達が取り合ってる……ってコト⁉」だとか「ハハッ、趣味悪いなぁ嬢ちゃん達」だとか聞こえてくる……が、うるせぇよこの野郎。ぶっ飛ばすぞ。

「……わかったわ。説明、してくれるのよね？」

「そのつもりだ。クギもそうしてくれるよな？」

「はい、我が君。出来得る限りの説明をさせていただきます」

「わかったわ」

というやり取りを経て、歩き始めること数分。

「「「……」」」

「クギって言うたっけ？　可愛いなぁ。あ、これ尻尾《しっぽ》？　触ってみてええ？」

「はい、あまり力を入れなければ大丈夫ですよ」

「あ、あの、私も」

「はい、どうぞ」

俺の後ろからはクギと整備士姉妹の和気藹々《わきあいあい》としたやり取りが聞こえてきているのだが、当の俺はと言うと左右と後ろをそれぞれミミとエルマ、そしてメイに囲まれて厳重な警護態勢に置かれている。

「……チッ！」

「……ペッ！」

擦れ違う独り身らしき男どもの嫉妬《しっと》の視線が凄《すご》い。あからさまに舌打ちしたり唾《つば》吐いたりするじゃんお前ら。俺が逆の立場だったら同じようにしている自信があるけども、この状況は。ミミもエルマも俺の腕に抱きついているし。メイは流石に後ろから抱きついてきたりはしてないけど、その代わりに俺とミミとエルマの荷物を一人で持っている。荷物でモッコモコになってるぞ。

「なーなー、クギはどこの出身なん？　見たこと無い服やけど」

「此の身はヴェルザルス神聖帝国の出身です。つい先日このコロニーに到着したばかりなんですよ」

「へー、めっちゃ遠いって話やん。ゲートウェイ使ってグラッカン帝国まできたん？」

「どうなのでしょう？　国の船に乗ってこのコロニーに来たので、あまりよくわからないのです。私をここまで送り届けてくださった神祇《じんぎ》省のお役人はそういったことを話してくださりませんでした」

「え？　じゃあどこに連れて行かれるのかもよくわからない状態で連れてこられたんですか？」

「はい。行き先は知りませんでしたが、何を為《な》すために行くのかは知っていましたので、行き先についてはあまり気を回す必要を感じていませんでした」

後ろから聞こえてくる会話の内容に頭が痛くなってきそうになる。色々と突っ込みたいが、今はそんな事ができる状況じゃないな。なんというか、左右からビシビシと視線が突き刺さってきているような気がする。そんなに警戒しなくてもいいと思うんだが。

「本当に何もされてないわけ？　いつもならもっと警戒しない？」

「私もそう思うんですけど」

「それはそうなんだがなぁ……なんとも説明が難しい」

確かに二人の言う通り、いつもの俺であれば彼女――クギを大いに警戒する場面である。突如現れた謎の美少女、彼女はサイオニックテクノロジーに長《た》けているという噂《うわさ》のヴェルザルス神聖帝国からの来訪者であり、理由は不明だが俺を『我が君』と呼び、やたらと俺に好意的な態度だ。

更に、俺ではなくミミやエルマの視点で言えばいつもならこういうイベントに対して最大限の警戒を払う俺が、妙に態度が優しい。というか、クギを疑う素振りすら見せていない。

これは怪しい。クギが俺と接触したあの一瞬で何かをしたのではないかと疑ってもおかしくはないと思う。或《あ》いは、クギの魅力にやられてしまったのではないかと考えるかもしれない。

実際のところ、クギは可愛らしい女の子である。目鼻立ちも整っているし、ピコピコと盛んに動く狐のような獣耳も、ふりふりと揺れるモフモフ尻尾も大変に可愛らしい。

性格も良さそうだし、立ち居振る舞いも美しいと言える。エルマやセレナ中佐とはまた違った方向性の気品のようなものを感じる。あと、これは重要なことだが、おっぱいの大きさも標準かそれ以上だ。少なくとも、エルマよりはあるな。

「何か失礼なことを考えているわね……？」

「とても痛い」

エルマが俺の腕を抓《つね》ってきた。何故考えていることがバレるのか。これがわからない。一目でバレるほどスケべな表情でもしていたのだろうか、俺は。

「真面目な話をすると、何もされていないと言えば嘘《うそ》になる。ただ、少なくとも害意は無かったと俺は思ってる」

「はっきりしないわね」

「俺だって状況をまだ飲み込みきれてないんだ。クギの名前は知ってたけど、ヴェルザルス神聖帝国出身だってことは知らなかったしな」

「それです。どうしてヒロ様はあの子の名前を知っていたんですか？」

「それも含めて後でまとめて話すけど、簡単に言うと額を触れさせたあの瞬間にサイオニック能力を使って情報交換をしたんだよ」

「それは……大丈夫なんですか？」

「そこの判断はつかないんだよな……俺にとっても皆にとっても未知のものだし。ヴェルザルス神聖帝国に関してはわからないことだらけだからな」

俺もヴェルザルス神聖帝国については少し気になったので、以前ネットで色々と情報を集めたことがある。まず、ヴェルザルス神聖帝国というのは地理的にはグラッカン帝国からかなり遠い場所に存在する銀河帝国だ。普通にハイパーレーンを通って行くと、軽く半年――凡《およ》そ百八十日ほどもかかる位置に存在している。

俺達が活動しているグラッカン帝国との関係は良くも悪くもないようで、国交も一応あるらしい。

考えようによっては敵対国家であるベレベレム連邦や、その同盟国であるビルギニア星系連合よりはずっと近しい間柄の国であると言えるだろう。ゲートウェイネットワークを使っての移動も一応可能だという話なので、使用申請さえ通ればひとっ飛びで入国することもできるらしい。

彼の国は他国との外交チャンネルをしっかりと設けており、外交使節の受け入れなども行ってはいるものの、他国の軍隊や民間人の支配領域内への立ち入りに関してはかなり厳しく制限をしている。他国との通商などもあまり盛んではないらしい。半ば鎖国状態の国と言っても良いだろう。

無断で支配領域内に足を踏み入れた者に対する態度も相応に厳しいらしく、なかなかに怖い噂も飛び交っている。曰《いわ》く、サイオニックパワーで捕虜を洗脳するだとか、神聖帝国の連中は物凄い純血主義で他国の人間に対して排他的で対応が無慈悲だとか、そういった内容だ。

本当にそうなのかどうかはわからないが、その噂をまともに受け取ると、神聖帝国の人間からサイオニック能力による精神的な干渉を受けるのは危険なことのように思える。

「実際に体験してみると、便利な能力だなとは思ったよ。ただ、俺でも悪用の仕方をいくつも思いつくらいには怖い能力だとも思ったな。逆に言うとそういう使い方をしてこなかったってのも事実でな」

クギがあの精神世界で語った内容を鑑みるに、相当な手練《てだれ》の悪意あるサイオニック能力者でもない限り精神感応能力で俺を害することは難しい……というようなニュアンスが伝わってきたのだが、クギ自身にそのつもりがあれば俺を好きにすることも可能だったのではないだろうか？

「ああして強引に俺と交信をしたのも、俺の身を慮《おもんぱか》ってのことだったみたいだし……あっちの事情もよくわからんしな。俺にはあの子に我が君《マイロード》だなんて仰々しく呼ばれる心当たりが全くない」

「本当ですか？」

「誓って本当だ。俺の事情は二人とも知ってるだろ？」

何せ、俺がこの世界にポンと現れたのはミミやエルマと出会ったターメーン星系である。その前というのは存在しないのだから、クギと知り合いようなんて無いのだ。

「だとすると、余計に胡散臭《うさんくさ》いわね。どこからヒロの存在を嗅《か》ぎつけてきたのかしら」

「それも含めて何か納得できる説明を聞かせてくれると良いんだけどな」

そう言って俺は溜息《ためいき》を吐《つ》いた。

#4：ヴェルザルス神聖帝国との接触

ミミが予約をしていたホテルのラウンジにて。俺達はクギと向かい合って座っていた。いや、向こう側にはクギを挟むようにしてティーナとウィスカも座っているから、若干語弊があるけど。

「それでええと、まずは自己紹介か？　まずクギに自分の身分から何から話せることを全て話して明かしてもらえると有り難いんだが」

「はい、我が君がそう仰《おっしゃ》るなら否やはありません。では、改めて。此《こ》の身の名はクギ・セイジョウと申します。ヴェルザルス神聖帝国神祇《じんぎ》省に所属する巫女《みこ》です」

クギは綺麗《きれい》な姿勢でソファに座ったまま、はっきりとそう言った。身分を隠したりするつもりは特に無いらしい。

「なるほど。神祇省や巫女というものがどういうものなのか聞いても良いか？」

「はい。ヴェルザルス神聖帝国の神祇省は神聖帝国内における祭祀《さいし》などを司る機関です。ご存知のように此の身どもの神聖帝国は法力――サイオニックパワーを重視する帝国ですから、政府機関の中でも大変に強い力と権限を持っています。此の身はその神祇省に所属する巫女というわけですね」

「続けてくれ」

「はい、我が君。巫女というのは神祇省に所属する人員でエージェント？　というと他国の方にもわかりやすいと聞いています。我が君のように上位世界から来訪された御方《おかた》に仕え、此の身を捧《ささ》げるのが此の身ども巫女の使命です」

「いきなり話がぶっ飛んだなぁ……」

おお、もう……これが都合よくアントリオンを手に入れることができた揺り戻しだとでも言うのか。ちらりと左右に視線を向けてみると、ミミもエルマもわけがわからないという表情をしている。

気持ちはよく分かる。俺に仕えて、身を捧げるのが使命とか突然言われても俺も困る。いきなりそういうへビーブローを叩《たた》き込《こ》まれてもな。

「あ、あの、此の身は何か言ってはいけないことを言ってしまったのでしょうか……？」

「いや、気にしないでくれ。いくつか質問して良いか？」

「はい、我が君。何なりとお聞きください」

「うん、ありがとう。まず、上位世界から来訪された御方、というのはどういう意味なんだ？」

「そのままの意味です。我が君の出自については我が君自身が一番よくご存知なのでは？」

そう言ってクギが首を傾《かし》げて見せる。なるほど、これはすっとぼけても意味は無さそうだな。つまり、クギの言う上位世界というのは俺が元々住んでいた地球――或いは、地球が存在した次元というか、宇宙のことを指しているのだろう。

「なるほど、確かにそれはその通りだ。でも、それとクギが巫女として俺に仕えて身を捧げるってのが繋《つな》がらないんだよ。どうしてそうなるんだ？　国の方針か何かで俺みたいなのを保護でもしてるのか？」

それでヴェルザルス神聖帝国が一体全体どんな得をするというのだろうか？　それがクギの話からは全く見えてこない。

「その事情を説明するには、此の身どもの国……ヴェルザルス神聖帝国の発祥と、此の身どもの使命についてお話ししなくてはなりません。とても古く、永い歴史の話です」

「三行で頼む」

「さ、三行でですか……？　ええと」

クギはウンウンと少しの間唸《うな》り、決然とした表情で顔を上げた。

「大昔に此の身どもがしたことが原因で、此の世は不安定になってしまいました。上位存在の介入で破滅は免れましたが、罰として此の身どもは此の世の安定に力を尽くすことになりました。我が君もその影響で此の世に落ちてきてしまったので、此の身がお世話をするのが筋ということです」

「どうだ？」

「はい、ご主人様。ギリギリ三行くらいかと」

完全無欠の無表情のまま、メイが厳かに頷《うなず》く。なかなかやるな、クギ。

「何を馬鹿なことを言ってるのよ。メイも付き合わなくていいから……で、お世話をするのが筋、ねぇ。やっぱり微妙に繋がらないと思うのだけど？」

「此の身どもの行いで此の世はあちこち穴や裂け目だらけになってしまっています。稀《まれ》にそういった場所から上位世界の存在が此の世に落ちてきてしまうことがあるのです。それが我が君です」

「なるほど……？」

「衝撃の事実が明らかになったなぁ、兄さん」

「本当なのかな……？」

ティーナは能天気に言ってるが、ウィスカはクギの発言に懐疑的なようである。俺としては疑いはしないが、ピンとは来ないといった感想だなぁ。なんというか、話が壮大過ぎる。

「こちらに落ちてきてしまったということは、我が君は全ての繋がりを失ってしまったということです。祖先、血族、友人、立場、住処《すみか》に財産、その全てをです。本来であれば失うべきではなかったそれらを、他ならぬ此の身どもの為したことによって失ってしまった御方に贖《あがな》いをするのはそんなに変なことでしょうか？」

クギはそう言って一点の曇りもない純粋な視線を俺達に投げかけてくる。うーん、確かにそう。クギの言うことに間違いはない。概《おおむ》ね無い。俺は確かにクギが言ったものを全て失っている。ただ、俺がこの世界に現れた原因がクギ達にあると言われてもピンとこないというのが正直な話だ。

「クギさんの言うことはわかりました。でも、それってヒロ様が必要ないと言えばそれまでの話ですよね？」

「そ、それは……はい、そうなります」

ミミの言葉にクギが肩を落としてしょんぼりしながら答える。確かに、あちらからの申し出ということであれば、それを受けるかどうかは俺の勝手ということになる。俺が要らないと言えば無理強いはできないだろう。いや、国の方針ということであればそうもいかないのか？

「待て。もし俺がクギのお世話を断った場合、クギはどうなるんだ？」

「それは……その、国許《くにもと》に帰ることになります」

「嘘《うそ》や誤魔化しは無しだ」

「……処分されることになるかと」

目を細めて詰問すると、クギは頭の上の獣耳をぺたんと伏せて白状した。

「処分？」

「はい。巫女としての務めを果たせなかったということになりますので……その後どういう扱いになるのかは此の身にはわかりかねます」

「それは……」

ミミが絶句し、エルマが天井を仰いで溜息を吐く。ティーナはどないするん？　とでも言いたげな顔で俺を見つめてきていて、ウィスカは肩を落としたクギの背中を撫《な》でていた。

「なんとなくそんな気はしたんだよな……ミミ、宿泊人数を一人増やしておいてくれ」

駄目だ、見捨てられん。上手《うま》く取り入られた気もしないでもないが、一度あんなどストレートに好意を向けられた上で彼女を見捨てるのはあまりに寝覚めが悪い。誰も彼も救えるほどに俺の手は長くないし、そうするつもりも無いが、こうして一度懐に入られてしまうと無理だ。

「わかりました！」

ミミが席を立ち、受付カウンターへパタパタと駆けていく。

「結局そうなるのね」

「最終的な判断は横におくとして、とりあえずはな……クギ、何にせよ今すぐ判断するのは無理だ。俺のお世話をする、ということは俺に同行するつもりなんだろう？」

「は、はい！　我が君が許してくださるのなら、此の身はどこまでもお供させていただきます！」

俺の問いにクギは頭の上の獣耳をピンと立て、尻尾《しっぽ》を振りながら答えた。まさに喜色満面といった表情だが、こちらとしては頭が痛い。

「だとすると、だ。俺の側《そば》にいるということはここにいる皆と一緒にということだ。上手くやっていけるかどうか相性の問題もあるだろうし、何より皆とは……あー」

なんと言えば良いんだ？　よろしくやっている仲なんだって？　それはつまりお前もそうしろという話にならないか？　それはどうなんだろうか。いや、皆に手を出しておいて今更の話だが。

「我が君」

「はい」

「此の身の使命は我が君に身も心も捧げ、お側に仕えてお支えすることです」

「お役目というか義務感というか、使命感に駆られてってのはどうなのかと思うんだが……いや、俺が言うのも烏滸《おこ》がましいんだけどもさ」

それを言うとメイに手を出した時点でアウトである。もっとも、メイの場合はあちらから誘ってきたというか、そもそもそういうのを込みで俺のところに来てくれたって感じなのだが。何せメイドロイドというか機械知性の理念的なものが恋愛脳というかなんというかなので。

「とにかく、相性ってものがあるから。お試しってことで。それに、俺についてくるってことは傭《よう》兵《へい》としての生活に身を投じることにもなるから、当然命の危険もある。その覚悟は――」

「どんな危険があろうとも、此の身は我が君の側に在りたいと思います」

クギはそう言って俺の目をじっと見つめてくる。これは覚悟が決まってる顔だなぁ。

一体全体、ヴェルザルス神聖帝国はクギみたいな年端も行かない女の子にどのような教育を施してきたというのだろうか？　恐らくはミミと同い年くらいだと思うのだが、未《いま》だ会ったこともない筈《はず》の『我が君』とやらに文字通り身命を捧げる覚悟を持たせるような教育とは一体どのようなものなのか？　どう考えてもまともじゃないぞ。

「オーケー、なら後は皆と仲良くできるかどうかだな」

「はい、我が君。きっと此の身は上手くやります」

そう言ってクギはにっこりと微笑《ほほえ》んでみせた。そうね、クギなら上手くやりそうだね。

☆★☆

「へぇ、綺麗だし広いし良いわね」

エルマがそう言って上機嫌で部屋の中を見て回る。うん、なんというか広いな。家具もちょっと高級な感じだし、居心地は良さそうだ。スイートルームより一段上、これがペントハウスアパートメントというやつか。

「未だにこういう場所に泊まるとなると落ち着かないです」

「あー、それめっちゃわかるわー。なんちゅうの？　ブルジョワジー的な？」

「ブルジョワジーって……まぁ言いたいことはわかるけど」

ミミとティーナ、ウィスカの三人が部屋の広さと豪華さに圧倒されている。俺もどちらかと言うとこっち組なんだけどな、実は。

ちなみにこのお部屋、この豪華さで一人あたりの宿泊料金が一週間あたり5000エネルほど。クギを入れても俺達の人数は七人なので、一週間の宿泊料が合計で3万5000エネル。

以前リゾート星系のシエラⅢに滞在した時には四人で二週間56万エネルのコースだったから、一人あたりの一週間分の滞在費は7万エネルであった。七人分で一人分の半分の値段である。比べてみると、とてもお安く感じてしまうのは何故《なぜ》だろうか。

「あ、あの……此の身はもっと普通のお部屋でも」

入り口で三本の尻尾をブワッと膨らませて固まっていたクギがぷるぷると子犬のように震えながら声を出す。いきなり豪華な内装の部屋に連れてこられて圧倒されているらしい。

聞くところによると、彼女は今ヴェルザルス神聖帝国がグラッカン帝国の各所に設置している出張所——というか聖堂に身を寄せているのだそうだ。

「そういうのは諦《あきら》めてくれ。うちはこういうのが当たり前だから。というか、これでもリゾート星系で遊ぶのに比べたら格段にお安いんだよ」

「それは……そうですねぇ」

以前リゾート星系に滞在する際、そのプランの選定をしたミミがどこか遠いところを見るような目をしながら俺の言葉に同意する。あの時はちょっと事情があって物凄《ものすご》い散財したからなぁ。

「ウィー、ブルジョワや。ブルジョワがおるで。リゾート星系とか言っとる」

「ま、まぁお兄さん達は凄い稼いでる傭兵だし、どちらかと言えば間違いなくお金持ちだよね」

「いや、二人も今は結構な金持ちだろ？」

「……せやったわ」

「忘れてたのに……」

二人は例の鹵獲《ろかく》機体売却で得た売却益の三割、３６０万エネルを受け取っている。一人頭１８０万エネルだな。多少の贅沢《ぜいたく》程度では使い切れないほどの金額である。航宙艦を買って少し手を入れたらすぐに吹っ飛ぶ金額だが。

「税金とかどうすればええんやろ、これ。副業扱いになるんか？　でも兄さんとこへの出向は会社の指示やから、業務上得た報酬ってことになるんかな？」

「その辺もちょっと会社に相談したほうが良さそうだよね……いや、税務署かな？」

なんだか二人が頭の痛くなる話を始めた。俺の場合グラッカン帝国の上級市民権を得ているが、その前に傭兵なので……うん？　市民権を得ているから俺にも納税の義務が発生しているのか？　あとでメイに聞いてみよう。

傭兵はちょっと職業として特殊だから、税制がどうなっているか俺も完璧《かんぺき》には把握してないんだよな。確か報酬額は最初から税が引かれてて、宙賊なんかにかかっている賞金には税がかからないって話だったはずだが、グラッカン帝国の上級市民権との兼ね合いはどうだったか把握してなかった。

税務署は怖いからな。ちゃんと身を守らないといけない。下手に所得隠しなんてした日にはヌンチャク持って殴り込んでくるからな。その点メイなら完璧に税関系の手続きもしてくれるだろうから安心だ。

「ほら、ボケっとしてないであんたも荷解《にほど》きしなさい」

「へーい。まぁ俺は荷解きするほどの荷物も無いんだが」

所詮《しょせん》バッグ一つである。荷解きの必要があるのかどうかすら疑わしい。ミミは大荷物だから大変そうだが、俺が手伝うわけにもいかんからな。女性には親しい仲でも異性の目に触れさせたくない、触られたくないものがあると言うし。手を貸すように頼まれない限りはそれとなく見守るだけにしておこう。

「ああそうだ。メイ、ちょっと来てくれ」

「はい、ご主人様」

主寝室にメイを連れて入る。うーん、ベッドがでかい。これは間違いなくキングサイズ。軽く三人は寝れそうだな。などと考えながら荷物をソファの上に放り出し、メイに向かって振り返る。

「……何をしているんだ?」

振り返ると、メイがベッドの前で正座していた。上ではなく、床に。思わず真顔で聞いちゃったよね。

「寝室へのお誘いだったので、そういうことかと」

「違います……クギも荷物を取りに行く必要があるだろうから、エルマと一緒に聖堂とやらまでついていって、探りを入れてきて欲しいって話をしたかったんだよ」

「それは残念です。ご指示に関しては承知致しました。お任せください」

メイが無表情で、しかし心底残念そうにそう言いながら立ち上がり、俺に向かって頷《うなず》いて見せる。メイとエルマの二人に任せておけば安心だろう。本当なら俺が行っても良いんだが、もう少し状況が明らかになるまではヴェルザルス神聖帝国とは距離を置いておきたい。

☆★☆

クギをとりあえずお試しで受け入れるという方向で話をまとめて凡《およ》そ三十分後。

俺達は部屋に荷物を運び入れて軽く荷解きを終え、今はホテルのお高いペントハウスに設《しつら》えられていた座り心地の良いソファで一息入れていた。

「それで、身も心も捧《ささ》げられるんですか？」

俺の隣に座ったウィスカが俺の顔を見上げながら真顔で聞いてくる。直球である。火の玉ストレートである。

ちなみに、俺に身命を捧げると宣言した当のクギはエルマとメイに付き添われて彼女の荷物を取りに行っている。あの後エルマにもメイと同じようにクギの所属について探ってくるように頼んだ

ので、今はその結果待ちといったところだ。

「据《す》え膳《ぜん》は食う主義だけど、すぐにはちょっとな」

ウィスカから目を逸《そ》らして天井を見上げながら返事をする。クギが俺に向けてくる親愛の感情に恐らく嘘はないんだが、彼女のバックにいるヴェルザルス神聖帝国の意向が読めない状態で手を出すのは流石《さすが》にちょっと怖い。

あと、純粋にクギから向けられる感情が重過ぎるのがちょっとな……いきなりあんな巨大な感情を向けられると、流石にこちらとしても引いてしまう。いや、あんな可愛《かわい》い子に好意を向けられて贅沢を言うなと言われると確かにそうなんだが、唐突過ぎると流石にな。俺にだって彼女から向けられる感情を飲み込むだけの時間が必要だ。

「据え膳食う主義は嘘やろ」

ティーナがジト目で睨《にら》んでくるが、俺はそれを華麗にスルーする。君達二人は見た目が見た目だけに俺が躊躇《ちゅうちょ》してしまっただけだから。二人の見た目が人間基準でせめてミミと同程度だったら手を出すのにあそこまで時間がかかることは無かったと思うよ。

え？　セレナ中佐とクリス？　あの二人に手を出すのは手の込んだ自殺みたいなものだろう。据え膳は食う主義だとは言っても、流石に限度ってもんがある。

セレナ中佐に手を出せば彼女の実家であるホールズ侯爵家から何をされるかわかったものではない。責任を取ってセレナ中佐を娶《めと》れだとか、婿になれだとか言われるのが一番穏当な結果で、下手すると闇から闇へと葬られかねない。

クリスに至っては保護者であるお祖父様《じい》とも顔見知りだからなぁ……そもそもクリスの年齢を考えると、手を出すのはちょっとな。いくらなんでもダレインワルド伯爵は激怒するであろう。年端も行かないうちの孫に何をしてくれているんだと。多義的な意味で責任を取らされるであろうことは想像に難くない。

「実際のところ、ヒロ様はあの子の言うことをどれくらい信じているんですか？」

タブレット型端末の画面から視線を上げたミミが俺の顔をじっと見つめながら問いかけてくる。

「正直に言うと、多分嘘は言っていないだろうなと思ってる。彼女のサイオニック能力は本物だし」

「そうなん？」

「間違いないな。明らかにエルフ達よりも高度にサイオニック能力を理解してるし、扱ってる。ヴェルザルス神聖帝国出身ってことを疑う余地は無いんじゃないかな」

なんというか、理解度の次元が違う感じがするんだよな。技術レベルの段階《ティア》に三つか四つくらいの差がありそう。蒸気機関を開発したばかりの文明と、恒星間航行技術を有する文明くらいの技術格差がある気がする。

「神聖帝国出身であることが嘘でないとするなら、その他の発言についても嘘ではないとお兄さんは考えているということですね」

「そうなるな。あと、これは本当にサイオニック的な感覚の話だから伝えるのが難しいんだけど、彼女に悪意が存在しないことを俺がもう知ってしまっているというのがな……端的に言うと、俺個人としてはクギを疑う余地が殆《ほとん》ど無い」

「あの、ヒロ様。それってサイオニック能力で洗脳されたとかじゃ……？」

「うちにもそう思えてしまうんやけど」

「そう思っちゃうよな。わかる。わかるけど、もしクギにその気があったら多分俺はもっとガチガチに洗脳されてると思うんだよな」

感覚的な話だが、多分間違ってはいないはずである。クギ自身がそういった方向でサイオニック能力を使うことをよしとしてないだけで、やろうと思えば俺を含めてメイ以外の全員を洗脳して自由にすることもできてしまいそうな気がしてならない。メイだけは機械知性だからそう簡単にはいかないと思うが。

「そんな人をクルーとして迎え入れて大丈夫なんですか？」

「そこは信頼関係をいかにして築くかって話じゃないかな」

それを言い出すと俺はミミに毒を盛られて殺されるだとか、エルマに寝首をかかれるだとか、メイに突然首をへし折られるだとか、ティーナとウィスカに船を爆破されるだとかといった心配をしなければならなくなる。

「改めて言われると難しいだろうけど、あまり色眼鏡で見ないでやってくれ。ちょっと箱入り娘の不思議ちゃんなだけで、根はいい子だと思うから」

「私達からすると、あの子と顔を合わせた時間が私達とさほど変わらないヒロ様がそんなに肩を持つこと自体が大きな懸念事項なんですけど……」

「だろうなぁ……多分テレパシー系のサイオニック能力なんだろうけど、あれは体験しないと理解できないと思う。まぁ、暫《しばら》くはゆっくりする必要があるわけだし。気楽に一緒に過ごしていれば互いにわかりあえることもあるんじゃないかな。あまりに相性が悪いということなら、俺だって彼女を船に乗せる訳にはいかないし」

クギ一人が加入することによって絶妙なバランスで保たれている俺達の人間関係が上手くいかなくなってしまうという話になると、流石にな。ミミ達全員とクギ一人。どちらが俺にとって大事なのかは自明なのだから。

「何がなんでもってわけやないんやね？」

「そりゃそうだろ。当たり前じゃないか」

「なるほどなぁ……兄さんがそういう考えなら、うちは前向きに考えてもええと思うで」

「どうしてそう思うの？」

ティーナの意見にウィスカが疑問をぶつける。俺も興味があるな、ティーナがどうしてそう思ったのかは。

「もしあのクギって子が超能力で兄さんを好きに洗脳できるていうなら、兄さんがさっき言ったように兄さんの頭の中身弄《いじ》っとるやろ。今話してみた限り、兄さんはそういう感じになっとるようにはうちには思えん。っちゅうことは、あの子は兄さんにそういうことをしてないってことやない？」

「そうかな……？　そうかも？」

「そんならそういう便利な能力があるのに、自分のためだけにみだりに振るったりしないだけの分別があるってことやろ？　なら上手くやっていけるんやないかな。うちはそう思うわ」

「うーん、簡単に信じすぎじゃありません？」

ティーナの楽観的な意見にミミが疑義を呈するが、それに対してティーナは肩を竦《すく》めて答えた。

「かもしれん。でも、疑ってかかるよりもそっちのが気が楽やん？　それに、押し付けるようで悪いけど、そういうのはメイはんに任せとくのが一番やない？」

「それはそうかもね。メイさんなら超能力で洗脳されるってことも無いだろうし」

「確かに」

機械知性であるメイがサイオニック能力による精神干渉を受けるとは考えにくい。万が一クギが精神干渉能力で俺達を洗脳なり何なりした場合、メイが適切に対処してくれるだろう。

「メイさんに丸投げしちゃって大丈夫なんでしょうか……？」

「多分大丈夫。無理なら無理って言ってくれるだろう」

そうなったらその時にまた対策を考えれば良いさ。

☆★☆

「はい、万事私にお任せください」

帰ってきたメイに彼女が出かけている間に俺達が話し合った内容を伝えると、それはもう意気揚々と引き受けて下さった。メイにクギと同じような尻尾《しっぽ》が生えていたら、物凄《ものすご》い勢いでブンブンと振っていそうな様子である。完全に無表情なのに意気込みが伝わってくる。

「やっぱり疑われますよね……」

「それは仕方がないでしょ」

目の前で行われたやり取りを見たクギがしょんぼりと肩を落とし、エルマが苦笑を浮かべる。普通はこういうことを本人の前では言わないものなのかもしれないが、俺は敢《あ》えてクギの目の前で一連のやり取りを行った。

「というわけで、クギは一挙手一投足を見られているつもりで行動するように」

「はい、我が君。皆様の信頼を勝ち取ることができるよう、一生懸命に働きたいと思います」

「うん。とは言え、あまり気を張りすぎないようにな。張り詰めた糸は切れやすいものだし、常に緊張していては神経が参ってしまう。ありのままの自分を見てもらうつもりでいればいいさ。やましいことがないなら尚更《なおさら》な」

「そういうものでしょうか……？」

「そういうものさ」

首を傾げるクギに自信満々に頷き返しておく。こういうのはそういうものだと無理矢理にでも納得させてしまうに限る。勢いで誤魔化すとも言うかもしれないけど。

「それでまぁ、疑うついでにクギの身元確認について報告してくれるか？」

「はい、ご報告致します。結論から言うと、限りなく１００％に近い確率でクギ様はヴェルザルス神聖帝国の『巫女《みこ》』と呼ばれる構成員だと考えられます」

「判断要素は？」

メイが限りなく100％と言うからにはそれなりの根拠があるに違いない。

「はい。クギ様の案内で私達が訪れた施設ですが、クギ様の言う通りヴェルザルス神聖帝国の出張所——所謂《いわゆる》聖堂と呼ばれる施設でした。施設建築時の記録を照会しましたが、登録上の権利者は間違いなくヴェルザルス神聖帝国の政府機関です。少なくとも、グラッカン帝国はそう認識しています」

「つまり、ケチな詐欺師やアウトロー連中の隠《かく》れ蓑《みの》って可能性は低いわけね」

「そういうことになるかと」

「ケ、ケチな詐欺師……」

メイとエルマの容赦ない物言いにクギが目を丸くして愕然《がくぜん》としている。ここまで完璧《かんぺき》に疑いの眼《まな》差《ざ》しを向けられていたと知るのは彼女なりにショックだったのだろう。

「まぁ、あまり驚くことじゃないな。念のため裏を取ってもらったけど」

しかし、実際のところクギが俺のお世話をするというのはどれくらいの範囲で、いつまでの話なんだろうな？　彼女の使命とやらを考えれば、一生モノになるのではなかろうか？

「あちらさんの反応は？」

「そのことなのですが、一度ご主人様を聖堂にお招きしたいという申し出を受けました」

「まぁ、そうなるよな」

クギを受け入れるとなれば俺にだってそれなりの負担がかかる。精神的な意味ではなく、生臭い話だが経済的な意味でだ。ヴェルザルス神聖帝国の国策で俺のような存在にクギみたいな巫女を派遺しているということであれば、その辺りの経費をどうするのかとか、現実的な話も必要になるのは当たり前の話だろう。

それ以前に、俺はグラッカン帝国内を縄張りとして活動する傭兵《ようへい》である。ヴェルザルス神聖帝国の神祇省という政府機関のエージェントであるクギが俺にくっついて帝国内を自由に移動するというのは、グラッカン帝国としてはどうなのだろうか？　下手をすればクギがグラッカン帝国航宙軍の軍事機密などを目にするような事態も発生しかねないわけで、その辺りも考えると政治的な配慮というものも必要になる可能性がある。

「どうせ暇だし、近々行くことにしよう。すぐに動かなきゃいけない用事はないから、明日以降でスケジュールを調整してくれ」

「承知致しました、ご主人様」

「とりあえずはこんなところか……色々とあって疲れたよ、俺は」

「それには同意するわ。どっと疲れたわね」

そう言うエルマの長くて尖《とが》った耳が微妙にへにょりと垂れてしまっている。あれは本当に疲れているな。

「クギもいつまでも突っ立っとらんで荷物置いてきぃや。ほら、こっちやこっち」

「あ、ありがとうございます」

ティーナに声を掛けられたクギがケチな詐欺師疑惑のショックからなんとか再起動を果たし、導かれるままによろよろと奥の部屋へと続く扉へと向かっていく。クギの荷物はあの風呂敷包《ふろしきづつ》み一つだけか……殆ど身一つで旅をしてきたんだな。

「んじゃティーナとクギが戻ってきたらメシでも食いに行くか……そろそろ良い時間だろ？」

コロニーには朝も昼も夜も無いが、ウィンダステルティウスコロニーに着いてブラックロータスを出る前に食事を摂《と》ってから結構な時間が経《た》ってお腹《なか》が空《す》いてきた。同じ釜《かま》の飯ってわけじゃないが、一緒に食事を摂るというのはコミュニケーションの手段としては上等な部類だろう。

☆★☆

わざわざホテルの外に出るのも面倒だし、一週間ほどはこのホテルで過ごす予定なのだからと今日のところはホテルの食堂――というかレストランで食事を摂ることにした。

「お、このレストランは調理人がいるのか」

「あら、ドワーフやね」

レストランの奥にある調理場は客席から見渡せるようになっており、そこでは男性ドワーフの料理人と、恐らく人間の料理人が調理に取り組んでいた。

「帝国では料理人と言えばドワーフってイメージですよね」

「宇宙ではそうね。古くから惑星に住んでいる人達にはそれなりに料理の文化も残ってるけど、それ以外の大半の帝国人は殆ど自動調理器任せだから。ヴェルザルス神聖帝国ではその辺の食事事情ってどうなのかしら？」

「此《こ》の身は神祇省所管の施設で育てられたので、正直に言うと世間一般の常識には疎いのです。しかし、此の身の知る限りでは簡単な調理ならできる人の方が多い筈《はず》ですね。此の身も多少ですが料理の心得はあります」

そう言ってクギは少し自慢げに胸を反らして頭の上の獣耳をピンと伸ばして見せた。実際にどれくらい料理できるのかは未知数だが、この様子だと多少と言いながらもなかなかに自信がありそうだな。

「なるほど。それじゃあ私達の中だとお兄さんとメイさん、お姉ちゃんに続いて四人目の調理スキル持ちですね」

「七人中半数以上が調理スキル持ちって凄いですね」

「帝国人で料理スキルを持っている人なんて数百人とか千人に一人くらいのはずなんだけどね。どっちかと言うと料理スキルの無い私達の方が多数派よ」

そう言いつつ、エルマがテーブルのホロディスプレイを操作してメニューを表示する。なんだかお上品そうなメニューと居酒屋にありそうなメニューがごっちゃになっててカオスだな。どういうことだこれは。

「帝国風のメニューだけじゃなくドワーフ風のメニューもあるなぁ」

「ああ、なるほど。ドワーフのシェフがいるからか」

帝国風のメニューというのは俺から見ると所謂洋食全般って感じでかなり幅が広い。まぁ、多くの星系を領有する銀河帝国である上に歴史もかなり長い国家らしいから、様々な料理文化を吸収して今の帝国風料理というものがあるのだろう。それが俺から見るとフランス料理とかイタリア料理とかがごちゃまぜになっているように見えるだけで。

対してドワーフ料理は……粉物と酒のつまみになりそうな料理ってイメージが強いんだよな。あと豪快な焼き物、炒《いた》めもの。スパイスの効いた料理も多めって感じ。中華料理＋エスニック風味みたいな。エルフ料理は和風料理っぽい部分があったけど、あんまり帝国料理の枠には入ってないっぽい。

「クギは何にする？」

「私の知らないメニューばかりなので……」

と、彼女は困った顔をしている。なるほど、そりゃヴェルザルス神聖帝国は遠い国らしいし、帝国風料理とドワーフ料理がメインのこのレストランじゃ見知らぬメニューばかりなのも無理はない。

「んじゃ癖の少ない料理を適当に頼むか。数頼んで皆で色々つつこう」

「ちょっとお行儀が悪いけど、それで良いんじゃないかしら」

「それじゃあ取皿も一緒に頼みますね」

そう言ってミミが卓上のホロディスプレイを操作してメニューを選んでいく。なんか量が多い気がするんだが、見なかったことにしよう。

「帝国ではフードカートリッジと自動調理器で作った料理が食べられてるけど、ヴェルザルス神聖帝国ではどうなんだ？」

「此の身どもの場合は可能であれば食材を調理して作った料理、それが叶《かな》わない場合は保存食ですね。ただ、保存技術の発達で自ら調理せずとも美味な料理を食べられるようになっていますから、食材から調理をする人は減っているとも聞きます。フードカートリッジを用いた自動調理器などはあまり普及していません」

「なるほどなぁ。どんなもの食べてるん？」

「豆の加工品が多いですね。他には養殖したチラス貝もよく食べられています」

「チラス貝？」

「殻を持つ頭足類です。他国の方から見ると気味が悪いそうですが、味も滋養も良い食材なのですよ。後はチコと呼ばれる魚を加工したものや、栽培が容易で栄養の豊富なカロという根菜ですね。葉っぱの部分も野菜として食べられるので、無駄がありません」

「なるほど」

殻を持つ頭足類ねぇ？　アンモナイトとかオウム貝みたいなもんかな？　それに豆の加工品か……豆の加工品と言っても、豆って割と何にでも使えるからな。例えば大豆とかだと豆乳に加工して豆腐や油揚げにもできるし、豆乳を絞る際にできるおからだって食べられるし、納豆とか煮豆としても食べられるし、味噌《みそ》や醤油《しょうゆ》だって大豆から作られる。大豆一つでもそんな感じだから、単に豆って言うと物凄い数の料理のバリエーションがありそうだな。それに魚に根菜類か。

「肉はあまり食べないのか？」

「肉食もしますが、やはりお肉は高価なので」

「その辺の事情は帝国もヴェルザルス神聖帝国も変わらないのね」

と、そう言っている間に料理が運ばれてきた。ピザみたいに色々と具が載った大きな平焼きパンをメインとして、マッシュポテトのようなもの、焼いた肉っぽいものなど様々だ。ちなみに、スープの類はない。汁気の多いとされる料理でもスープというよりはかなりとろみの強い、半ばペースト状というかあんかけ料理みたいなものが大半だ。

「これは……これはお肉では？」

クギが串焼《くしや》きにされている白みがかった肉を見て目を輝かせている。

「……どっちだ？」

「培養の方です」

俺に問われたミミが神妙な顔でそう答える。

「あー……まぁもう慣れたよな」

「そうね」

前に培養肉の製造工場を見学に行って若干トラウマ気味になった俺達であるが。今はもう普通に培養肉を食べるようになっている。元がアレでも肉として加工されてしまったらそれはもうただの肉だからな。食ってみれば美味《うま》いものだし、気にするだけ損だ。

というか、ミミが結構な頻度でゲテモノ風味な輸入食品を船内に持ち込んでは試食会を開いているので、慣れた。培養肉の元がちょっと気味が悪い触手生物じみた物体だからってなんだというのか？　それよりグロいものなんて世の中にはいくらでもあるのだ。あったのだ。

「培養ものだけど、正真正銘のお肉だぞ。足りなかったら追加で頼むし、遠慮なく食ってくれ」

「良いのでしょうか……？　これはとても贅沢《ぜいたく》なのでは？」

「クギ、気にしたらあかんで。兄さんと一緒に生活するならこんなん序の口や」

「お兄さんの金銭感覚には未だに度肝を抜かれるもんね……」

「私も少しは慣れてきましたけど、まだヒロ様とエルマさんの領域には辿《たど》り着《つ》けませんね」

君達やめないか。そんな、俺とエルマが金銭感覚ガバガバみたいな物言いは。俺達は至って正常だよ。傭兵としては。一般人として？　そんなものは知らんな。

「それじゃあ料理が冷める前に食べようか」

「はーい。あ、取り分けますね」

「あ、此の身もお手伝いを」

「クギは今日は主賓だから、大人しく饗《きょう》されなさい。ヒロ曰《いわ》くお試しだけど、まぁ歓迎会ってことでね」

そう言ってエルマがクギを押し留《とど》め、ミミと一緒に料理を取皿へと取り分けていく。そしていつの間にかメイも取り分け作業に参加している。音も気配も感じさせず自然に交ざってるの凄《すご》いなオイ。

「それじゃあクギの歓迎会ってことで、乾杯」

「かんぱーい！」

ティーナが実に嬉《うれ》しそうに乾杯をして一杯目を飲み干した。当然のように酒である。密《ひそ》かにウィスカも酒……エルマもか。今日はもうゆっくりするって言ったから遠慮ないね君達。

□■□

「はい、じゃあヒロを隔離したところで女だけの二次会ってことで」

此の身の歓迎会を終えた後、旅籠《はたご》——ホテルの部屋に戻るなり、エルマ様はかなりぞんざいな扱いで我が君を主寝室へと追いやり、そう宣言されました。

「あの、良いのでしょうか？」

「良いのよ。ヒロもこういう雰囲気に気づいてさっさと一人で寝室に籠《こ》もったんだから」

手をひらひらと振りながらそう言い、エルマ様は部屋に備え付けられているクーラーへと向かっていきました。此の身が本当に良いのかとオロオロとしている間にミミ様とティーナ様、ウィスカ様もそれぞれ飲み物やおつまみのようなものを何処《どこ》からか取り出してテーブルへと集まってきます。

「クギ様はこちらでお待ち下さい」

此の身も何か手伝おうとしたのですが、メイ様に止められてしまいました。メイ様はめいどろいど？　という機械人形の方なのですが、この方からは精神の波動が一切感じられません。正直に言うと、少し怖いです。この方にジッと見つめられるとゾワゾワとして尻尾《しっぽ》が膨らんでしまいます。

どう見てもヒトと同じようにしか見えないのに、精神の波動が感じられない存在というのは不気味に思えてしまうのです。

「飲み物ヨシ！　つまみヨ……待って、ミミ。なんやこれ」

「マロウキット星系の郷土料理の缶詰です！」

「はい没収。メイはん、これ隔離しといて」

「はい、お任せ下さい」

「そんなー」

ティーナ様の手でテーブルの上から謎の缶詰が取り去られ、それがメイ様に手渡されました。その様子を見てミミ様が嘆いておられますけれど……この場の皆さんの精神の波動は概ね穏やかで、楽しげです。少しだけ緊張の色も混じっていますけれど。それはきっと、此の身が原因でしょう。

「クギさんもジュースで良いですか？」

「あ、はい。ありがとうございます、ウィスカ様」

此の身の返事にウィスカ様は微笑んでくださいました。ミミ様とエルマ様に比べて、ティーナ様とウィスカ様が此の身に向ける緊張や警戒の感情の色は薄いです。それよりも、興味や好奇の感情が色濃いようですね。

「それじゃ行き渡ったところでかんぱーい」

エルマ様が音頭を取られ、女だけの二次会というものが始まりました。

「まー腹を探り合うのもめんどいっちゅうかアレやん？　あんま面白うないし面倒やん？　だからぶっちゃけて話そうってことやねん。姐《あね》さん、そういうことやんな？」

「まぁそうね。ヒロは貴女《あなた》を連れて行くことに前向きなようだし、それに関しては正直反対する気は無いのよ。ね、ミミ？」

「はい。ヒロ様はよく女の子を引っ掛けますけど、船に乗せる乗せない、手を出す出さないの判断に関しては間違えないですから。ヒロ様がクギさんを船に乗せる、そのことを前向きに判断したとなれば反対する理由はありません」

「ってのが私とミミの見解なわけ。まぁ、ヒロが女に甘いだけのだらしない男なら私達で手綱を締める必要があるんだろうけど、そうではないしね……もしそうだったら、今頃こんなところでのんびりなんかできてないでしょうね」

そう言ってエルマ様は酒盃《しゅはい》に口をつけつつ、虚空に視線を漂わせ始めました。詳細は感じ取ることができませんが、訪れたかもしれない未来、或《ある》いは現在に想《おも》いを馳《は》せていらっしゃるようです。

「自由な今の生活に乾杯ね、本当に。それで、貴女に聞きたいんだけど」

「はい、此の身に答えられることであれば何なりと」

「そう？　それじゃ遠慮なく。実際のところ、気になっているというか解せないのよ。貴女、ヒロとは初対面の筈よね？　なのにどうして最初からヒロに好意を持って……執心。そう、執心してるわけ？」

「それは勿論《もちろん》、我が君のことを識《し》っていたから……あっ」

予《あらかじ》め運命の相手を識っているのは此の身どもとしては当たり前のことですが、外国ではそうでないのが当たり前なのでした。これは失敗です。

「ええと、此の身どもの故郷では占いの術が発達しているのです」

「占い、ねぇ……？　話を続けてくれる？」

「はい。その術は未来予測に近いものでして、いずれ出会う運命の相手の気配や、共に過ごす幸福感をほんの少しだけ前借りすることができるのです。それで此《こ》の身は我が君と出会う前に我が君を識っていたわけですね」

これできっと納得して頂け……何故皆様は胡乱《うろん》げな表情を此の身に向けてくるのでしょう？

「また胡散臭《うさんくさ》い話が出てきたわね……」

「ホロ小説か何かみたいです」

「でもクギんとこの国は帝国とは技術体系が違うからなぁ。うちらにしてみると胡散臭く思えても、クギんとこの国では常識だったりするんとちゃう？」

「そもそも私達が知っている占いと、クギさんの言っている占いって全く別のものなのかも」

なんということでしょう。此の身の言葉は皆様の心に全く響いていないようです。本当のことなのですが、一体どうしたら信じてもらえるのでしょうか？

「それはそうなのかもしれないけどね……まぁ良いわ。それで、実際にヒロに会ってみてどうだったわけ？　やっぱりその占いで知るのとは感触が違うものなのよね？」

「はい、それは勿論です。遠目に初めて我が君を見た瞬間、巡り合うべき半身を見つけたような深い充足感と安心感が感じられました。そして近づいて実際に顔を合わせて、言葉を交わして……あの少し鋭い瞳《ひとみ》と、耳朶《じだ》に響くお声と、その……」

「その？」

つい口に出そうとしてはしたないと思って口を噤《つぐ》んだのですが、聞《き》き咎《とが》められてしまいました。何なりとお答えすると言った手前、誤魔化すのは不誠実です。うぅ……はしたない娘だと思われてしまいます。

「あの、その……はしたないとは思うのですが、我が君の匂いが……こう、芯《しん》に響くと申しますか」

かなり言葉を濁しました。はい。不誠実という誹《そし》りは免れません。しかしこう、此の身にも捨て難い羞恥心《しゅうちしん》というものが、最後の一線というものがあるのです。この上で更に問われれば答えざるを……答えざるを得ませんが。

「あぁー……クギってなんとなく鼻が良さそうやもんな」

「匂いフェチってことですか？」

「ヒロの匂いを嗅《か》いでもう辛抱たまらないってこと？」

「ふぐぅっ……その……はい……」

答えられることであれば何なりと、などと言ってしまった数分前の自分が恨めしいです。少し考えればこうなる可能性もあることを予測できた筈《はず》なのに！　うぅ、恥ずかしい。顔が熱いです。どうしてこんな辱めを……いえ、これも我が君と添い遂げるための試練です。

「お兄さんの匂いですか……わからないでもないですね」

「ぎゅってされると安心しますよね」

「ん、まぁ、そうね。私達でもそうなんだから、クギはもっとそう思うのかしらね……鼻、良いのよね？」

「あぅ……はい、恐らく外国の方よりは此の身どもの方が良いと思います」

なんだか皆様の視線が此の身の耳や尻尾に集まっている気がします。皆様の中には同じような耳と尻尾を持つ方が居ないので珍しいのでしょうが、少しだけ緊張するというか……お手入れは欠かしていませんけれど。

「というか、それが素なん？」

「は、はい？　素とは？」

ティーナ様に突然聞かれたことの意味が分からず、思わず聞き返してしまいました。

「や、なんかクギってこう、キリッとしてるというか背中に鉄筋でも入ってんのかっちゅうくらいこう、キシッとビシッとしてるっちゅうか……」

「凛《りん》として隙がない？」

「そうそれ。なんかお固い感じだったやん。今はなんか隙だらけっちゅうかふにゃふにゃしとるけど」

ウィスカ様の言葉を受け取ってティーナ様が頷《うなず》く。ふにゃふにゃ……た、確かに今の此の身の耳はぺたりと頭の上に垂れて、尻尾も地面に向いてしまっていますけれど。

「わ、我が君の前で無様でだらしない姿を晒《さら》すわけにはいきませんから！　普段は己を律しているのです。これも巫女《みこ》としての務めなのでっ」

拳《こぶし》を握りしめて熱弁しましたが、何故皆様は哀れみの視線と感情を此の身に向けてくるのでしょう？　とても不可解なのですが。

「どう思います？」

「んー、まぁ流れに任せるのがええんちゃう？」

「見るに見かねるような状況になったら助け舟を出せば良いんじゃない？　必要ないと思うけど」

「お兄さんが先に気づきそうですよね」

「ヒロは鋭いって言うほどじゃないけど、ニブチンではないものね」

何やら皆様が顔を寄せて小声で話し合っていますが、此の身の耳にはバッチリ聞こえています。しかし、聞こえるのと内容を理解できるかというのは別の話です。此の身と我が君との関係に関することのようですが……最終的に助けてくれるようなので、敢えて内容を問いただすのはよしておきましょう。

ところで先程からメイ様が此の身のことをジッと見つめてきているのですが……あんなに見つめられると、流石に少し居心地が悪いです。

「データ収集中です」

「は、はい」

此の身の視線に気づいたメイ様が答えてくださいましたが、何のデータを収集しているのかさっぱりわかりません。何故そんなに此の身の耳と尻尾を見つめているのでしょうか。

「まぁ、理解できたのかと言うと微妙だけど、ある程度納得はできたわ。皆はどう？」

「私もエルマさんと同じですね」

「うちは最初からあんま気にしてないっていうか、うちらもクギと立場はそんな変わらんと思っとるし。な？」

「そうだね」

「二人の場合はもうそんなことないと思うけどね……メイは？」

「はい、エルマ様。私としてはご主人様がお認めになられるのであればそれで構わないかと」

「そ。じゃあ一応全会一致ってことでよろしくね、クギ。あ、呼び捨てで良いかしら？」

「は、はいっ！　此の身のことはどのようにでも！」

どうやら此の身は皆様に受け入れて頂けたようです。嬉《うれ》しさのあまり尻尾《しっぽ》がどうしても止まりませんが、これは仕方がないと思います。あまり子供のように尻尾で感情を漏らしてしまうのは恥ずかしいのですが。

「それじゃあ私はクギさんって呼びますね。これからよろしくお願いします！」

「は、はい！　ミミ様！」

「あ、これから一緒に暮らすんだからその様ってのはやめましょ。私のこともそれ以外なら好きに呼んでいいわよ」

「はい！　エルマさん」

「身分とかそういうの気にし始めると、ミミとエルマ姐《ねえ》さんには様付けか、それ以上が必要になるもんなぁ」

「お姉ちゃん、シッ！　あ、私はクギちゃんって呼んで良いかな？」

「はい、ウィスカさん。ところで、それ以上というのは？」

「あー、それはまた今度話すわ。落ち着いてからね。それじゃ改めて乾杯しましょ」

エルマ様――エルマさんが音頭を取られて再度乾杯をします。皆様良い方ばかりで本当に安心しました。これからもまだ色々とお互いに理解しなければならないことも多いでしょうが、なんとかやっていけそうです。少し不思議な味がする飲み物を頂きながら、此の身は心底ホッとするのでした。

もっとも、この後皆様の我が君との赤裸々なあれこれを拝聴することになり、その、少し興奮してしまったというか、興味津々で聞き穿《ほじ》ってしまってからかわれたりしてしまったのですが。

□■□

歓迎会の翌日。俺達は起床してから朝食を摂り、早速ヴェルザルス神聖帝国の聖堂とやらに足を運んでいた。

え？　昨晩？　昨晩は何かよくわからないけど、女性同士で何かキャッキャウフフしていたので俺は一人で寝ましたよ。何か俺は聞かないほうが良さそうな話を色々としていたようなので、華麗にスルーしておいたのだ。ただ、その成果なのか起きた時にはクギとうちのメンバーが心配していたよりも遥《はる》かに仲が良くなっていたというか、馴染《なじ》んでいたので俺としては一安心である。

それで、今回の同行者は俺の他にはメイとクギの二人だけにした。ミミとエルマには買い出しを頼んでおいたのだ。そして整備士姉妹は出勤である。

エルマによると、クギの荷物はなんというか本当に最低限の着替えと身の回りのものだけで、同じ女性としては色々と思うところがある状態であったらしい。もっとも、今回買い出しに出るのはクギが居なくても揃《そろ》えられるものが中心で、後日クギを連れてもう一度買い出しに行く必要があるという話だが。

「先に話しておくが、俺はヴェルザルス神聖帝国と事を構える気はない。こちらが欲しい情報は可能な限り出してもらうつもりだけどな」

「はい、ご主人様。承知致しました」

俺の宣言を受けてメイが頷く。クギは不安げな表情で俺とメイの顔色を窺《うかが》っているな。そんなに不安そうな顔をしなくても大丈夫だぞ。

「基本的には帝国に対するスタンスと同じだ。長いものには巻かれる。無論、あっちの言い分に唯々諾々と従うつもりはないが、譲歩できるところは譲歩していく。絶対に譲れないラインは俺達の行動に制限がかかるかどうかだ。そのラインを超えてこない限りは妥協する方針で行くからな」

こうして明確なラインを設けておけば、いざ話し合いとなった時に迷わずに済む。

何故あっちの言い分に譲歩するかって？　そりゃ民間企業や同業の傭兵《ようへい》、コロニーの役所くらいなら金の暴力と単純な暴力でなんとかなるし、する自信があるが、相手が一つの銀河帝国となると話は別だ。いち傭兵では絶対に対抗できない相手だからな。

「とにかくそういう方針でな……で、あれが聖堂か」

「はい、此の身どもの聖堂です」

聖堂を前に、クギが誇らしげな声でそう言う。なんというか、こう言っては失礼だが大変に場違いな建造物であった。建材や装飾に若干サイバー感が漂っているが、どことなく神社っぽい雰囲気である。

鳥居のような物体の先には本物かどうかはわからないが、石材のように見える素材で形作られた参道、その両脇には玉砂利のようなものが敷き詰められていて、驚いたことに植物のようなものも植えられている。

参道の奥にはかなりの大きさの拝殿のようなものと、他にもいくつかの建造物がくっついているようだ。何より目を引くのは……。

「なんだあれ」

拝殿の正面、その中空に紫色の煙……いや、炎？　のようなものでできた球体のようなものがあるんだが。もしかしなくてもあれ、サイオニックパワーの塊みたいなものだよな？　なんだかかなりの力を感じるんだが。

「サイオニックテクノロジーを使った通信設備であるようです。詳細は不明ですが、ヴェルザルス神聖帝国はグラッカン帝国にそのように説明していますね」

「なるほど……？」

俺の目には邪悪な雰囲気が漂う次元門的な何かにしか見えないが、メイがそう言っているし、クギも否定しないようなのでその通りなのだろう。超高速通信やハイパースペース通信、ゲートウェイ通信ネットワークの通信中継機なんかもかなりのエネルギーを使う機器だという話だし、サイオニックパワーで同じような機能を果たすのであればあれくらいのエネルギーを使うのも納得だ。

「それよりも行きましょう。既に待っているそうですから」

「あいよ」

「……」

クギの言動には敢えて突っ込まない。恐らくサイオニック能力で連絡を取ったのだろう。テレパシー的な能力なのだと思うが、どれくらいの範囲で双方向に情報を交換できるんだろうな？　俺も使えるようになったら便利そうなんだが。

などと考えながら参道を歩き、クギに案内されるまま拝殿のような場所に足を踏み入れる。

「ほう……」

拝殿の中は前にクギに精神干渉を受けた時に見た光景にとても似ていた。入り口が土間のようになっており、一段高くなった場所に板張りの床。そして更に畳のような敷物が敷き詰められていて、奥には祭壇のようなものや祭具のようなものが安置されている。

「お待ちしておりました」

そして、土間と板張りの床の境界で彼らは待ち構えていた。一人はクギと同系統の宗教色を感じさせる神主っぽい衣装を纏《まと》った男性で、もう一人は腰に湾曲した剣――日本刀のようなものを差した女性である。小振袖《こふりそで》に袴《はかま》、といった感じの動きやすそうなスタイルだ。もしかしたら武官なのかもしれない。

二人とも普通の人間ではなく、獣耳のようなものが生えている。男性の方は犬か狼《おおかみ》だと思うが、女性の方は……なんだろう。ちょっと丸みのある獣耳だな。タヌキかアライグマ、もしくはイタチとかだろうか？

「どうも、この度なんかお騒がせしているらしいヒロです。あと、昨日も会ってるかもしれないがこっちはメイドロイドのメイ」

俺に紹介されたメイが無言でお辞儀をする。オオカミ神主は鷹揚《おうよう》に頷《うなず》いてみせただけだったが、丸耳女侍は険しい表情でメイを睨《にら》みつけていた。なんだろう、何か因縁でもあるのだろうか？

「うちのメイに何か？」

「申し訳ありません。精神文明である我が国にとって、魂を持たない機械知性という存在は相性が悪い存在でして。武官の彼女としては警戒せざるを得ない対象なのです」

「なるほど」

機械知性のメイが相手となると、精神干渉の類は効かないだろうからな。彼らがサイオニック能力を用いてどのような戦闘を行うのかは知らないが、あれだけ警戒されるということはよほど相性が悪いんだろう。

「何にせよやり合う気は今のところゼロなんだから、そんなにツンツンしないでくれ。余計な火種を起こしたいわけじゃないだろ？」

「そうですね。ということで控えて下さい、コノハ殿」

「……承知」

コノハと呼ばれた丸耳女侍が頭を下げて一歩後ろに下がる。

「どうぞ、お上がりください。履物は脱いでいただけると助かります」

「オーケー」

オオカミ神主の言葉に素直に従って履物を脱ぎ、板の間に上がる。メイとクギも同じように板の間に上がり、オオカミ神主の誘導で畳の上に敷かれていた座布団に腰を下ろした。俺は胡座《あぐら》で、それ以外は全員正座だ。

「皆姿勢良いな……すまんね、正座は苦手なんだ」

「お気になさらず。そもそも帝国は椅子に座る文化ですしね……さて、色々と聞きたいことがお有りでしょう」

オオカミ神主がそう言いながら奥に控えていた緋袴《ひばかま》の巫女《みこ》さん達に目配せをすると、視線を向けられた巫女さん達――全員何らかの獣耳が頭の上に生えている――がお盆に載せたお茶を運んできた。お茶請けは金平糖《こんぺいとう》か何かだろうか。トゲトゲしたカラフルな謎の物体である。

「申し遅れました。私の名はコンゴウと言います。ウィンダステルティウスコロニーの聖堂の長《おさ》を務めている者です」

「コノハです。聖堂護衛官です」

改めてオオカミ神主ことコンゴウと丸耳女侍ことコノハが自己紹介をする。

「そいつはご丁寧にどうも。それで、聞きたいことがお有りでしょう、ということはこっちの質問に答えてくれるということで良いのかな？」

「私どもの答えられる範囲であれば。私も非才の身でありますれば、全ての事情を完璧《かんぺき》に把握しているわけではございませんので。ただ、ヒロ殿の疑問に答えるべく力の限りを尽くすことはお約束致します」

「それで十分だ。まずは単刀直入にヴェルザルス神聖帝国の思惑を聞かせてもらいたいな。ヴェルザルス神聖帝国が俺のことをどのような存在と認識しているのかはクギから聞いた。俺にはそれを否定する根拠がない。何故なら、俺自身も何故この世界にポンと放り出されたのか何も知らないからな。俺がこの世界の外から来た存在だと確信を持って接触してきたのはヴェルザルス神聖帝国が最初だから、あんた達が俺をそう認識しているのだろうということに疑う点はない」

「それが真実かどうかは別として、ということですね」

俺の物言いにコンゴウは穏やかな声音でそう返してきた。それはそう、彼が言う通りだ。ヴェルザルス神聖帝国の人間は俺が上位世界とやらから落ちてきた異世界人であると確信しているようだが、それが本当であるという証明は恐らくできまい。というか、俺とクリシュナがターメーン星系の空白宙域にポンと現れる瞬間の映像でも提示できない限り、証明は不可能であろう。

「そうだな。で、ヴェルザルス神聖帝国が俺を保護する――というより、俺にクギを付ける理由については本人から軽く聞いてる。だが、いくらなんでもただの善意、償いとしてクギみたいな子をわざわざ養成して、コストを掛けて他国の領土にまで送り込むってのは異常だと思うんだよな。外野の俺みたいな人間にはあんた達の使命の崇高さなんてものは理解しきれないし、何らかの打算や止《や》むに止まれぬ理由があるって言ってもらった方が安心できるんだが」

「落ち人殿は我らの使命を疑われるのですか？」

コノハが若干剣呑《けんのん》な視線を向けてくる。頭の上の獣耳がペタンと伏せられているのは……あれは威嚇のサインなんだろうか？　わかりやすくて逆に微笑ましいな。

「共感するのが難しいって言っているんだ。あんた達にとっての真実は俺にとっては『そうかもしれないね。知らんけど』って程度の話でしかないんだから。その状態で、クギみたいな素直で可愛い良い子を一人つけます。煮るなり焼くなりお好きにどうぞ、と言われても困惑するのが当たり前だろう？　一体何を対価として求められるのか、何を期待されているのかと勘繰るのはそんなにおかしいことか？」

至極真っ当な感覚だと思うんだけどな。

「そのようなものは――ッ！」

「落ち着いてください、コノハ殿。徴《しるし》を得て生まれてくる我々と、そうでない方々とではものの見え方、感じ方が違うのが当たり前なのです。我らの使命、我らの罪、我らの罰、我らの償いはあくまでも我らのものなのですから、それを我々と同じように理解することを求めるのは筋が違います。ましてや、ヒロ殿は落ち人ですよ」

「むっ……それは、確かに」

激昂《げきこう》しかけたコノハをコンゴウが宥《なだ》める。ふむ、コンゴウの方が話が通じそうだな。

「まず、ヒロ殿のご心配はご尤《もっと》もなものだと私は思います。その上で言わせて頂きますが、我が神聖帝国からヒロ殿に求めるものは特にありません。敢えて言うのであれば、ヒロ殿が心安らかに、幸せな生を送っていただくのが我々にとって利益になるのです。というよりもより正確に言いますと、ヒロ殿に此《こ》の世を憎まれ、絶望されることが我々にとって多大なる不利益となるのです」

「詳しく話してくれ」

「はい。まず、大前提として世界間にはポテンシャルの違いというものが存在します。ポテンシャルとは簡単に言えば存在の密度のようなものです。ヒロ殿の世界がどの程度のポテンシャルを有する世界なのかはわかりかねますが、ヒロ殿から感じるポテンシャルの高さを考えると、相当ポテンシャルの高い世界からヒロ殿は落ちてこられたのだと思います」

「ポテンシャル、ねぇ……」

今ひとつピンとこないが、ニュアンスは伝わってくるな。そういう存在密度というかエネルギー密度のようなものが高い場所から迷い込んできたから、サイオニック能力者の目から見ると俺はとんでもないエネルギーを秘めているように見えるというわけか。

「俺が不幸になると、あんた達にどんな迷惑がかかるんだ？」

「ヒロ殿が絶望に飲まれ、此の世を憎みきった末にその身に秘めるポテンシャルを全解放した場合、下手をすると此の世に大穴が空きかねません。想定される被害の大きさは最低でも恒星系消滅でしょうな」

「そんな情報聞きとうなかった……それマジ？　マジなの？　俺って生きた恒星系破壊爆弾なの？」

「あくまでも可能性の話なので、ご心配なく。そうさせないために我々とクギ殿がいるのですから」

そう言ってコンゴウがにっこりと人の良さそうな笑みを浮かべて見せる。どこまで信じられるものか知れたものではないが、サイオニック関連に関してヴェルザルス神聖帝国は間違いなく先駆者だからな……嘘だと決めつけて無視するのも危ういか。

「スケールの壮大な話で相手を不安にさせてから安心させるような言葉をかけ、精神的に取り込むのは詐欺師の常套手段《じょうとうしゅだん》ですね」

俺の隣に正座したメイが完全にフラットな声で爆弾を放り込む。その瞬間、場に緊張感が走った。というか、コノハがあからさまに剣呑な気配を放っている。

「あくまで一般論として申し上げたまでです。コンゴウ様が嘘を吐《つ》いていると言っているわけではありませんので、悪《あ》しからず」

「魂無き人形風情が……我らの使命を愚弄《ぐろう》するか」

コノハが牙《きば》を剥《む》いてメイを威嚇する。ヴェルザルス神聖帝国の護衛官とやらがどの程度の戦闘能力を有しているのかは知らないが、流石にメイ相手に殴り合いとかはやめたほうが良いと思うぞ。質量も膂力《りょりょく》も違い過ぎる。やろうと思えば人体程度物理的に畳んでしまえるからな、メイは。

こう、パタパタボキボキと。四枚折りくらいに。

「うちのメイドロイドがすまんな。ご主人様に対して過保護なところがあるんだ」

「出過ぎたことを申しました」

俺の言葉でメイが頭を下げると、コンゴウは朗らかに笑いながら首を横に振ってみせた。相変わらずコノハは不機嫌そうな顔で牙を剥いているけど。

「いえいえ、お気になさらず。そう簡単に信用できないのも仕方のないことですからな。とにかく、こちらとしてはヒロ殿には心安らかに過ごして頂きたいという一心なのですよ。過去には無理矢理にでも落ち人を保護、収容して管理しようという動きもあったそうなのですが……」

「ですが？」

「不幸な行き違いの果てにそれはもう大変なことになったそうで。以後、落ち人を強制的に保護したり、その行動を管理したりすることは禁忌ということになりました。なので、我が国としては落ち人であるヒロ殿に過剰に干渉するつもりはございません。クギ殿のような巫女を同行させるのも、万が一の場合に備えた保険のようなものです」

「保険？」

「はい。有り体に言えば最悪の事態に陥った場合にその身を犠牲にしてでも被害を食い止める人身《ひとみ》御供《ごくう》ですな」

「ええ……？」

直球で人身御供とか言い始めたぞこいつ。流石の俺もドン引きである。

「そうまでしてでも食い止めなければならないことなのですよ。落ち人が絶望に囚《とら》われる事態というのは」

「自分で言うのもなんだが、そんなに危険なら手っ取り早く排除してしまったほうが良いんじゃないのか？」

「強制保護案が出る前……五百年ほど前にはそういった手段を取ったことがあると記録に残っております。何例かは上手くいったようですが、それでも我が国が受けた被害は大きかったそうです。落ち人の方々は基本的に強い法力を身に宿しておりますから、追い詰められると大概はその法力を覚醒《かくせい》させて身を守られますので」

「なるほど……?」

命の危機に晒《さら》されてサイオニック能力が覚醒し、死にものぐるいで反撃されたってことか。

「最終的には大失敗して絶大な被害を出した上、先程から私が何度も口にしている落ち人が絶望に囚われるという状況、というものを生み出したそうで。恒星系を三つ消滅させ、居住可能惑星を二つ壊滅させるような事態に陥ったそうです」

「Ｏｈ……それで今の形に落ち着いたわけか」

「その通りで。結局のところ、干渉し過ぎず、できる範囲でお支えするのが一番だろうという形になったわけですな。その上で、万が一に備えて次善の策を講じているということです。それがクギ殿のような巫女に全てを託すという形でしか実行できていないのは、我々としても心苦しいというのが本音です。少なくとも、私はそのように思っています」

そう言ってコンゴウはクギに視線を向けたが、クギはコンゴウの視線を受けて首を横に振った。

「コンゴウ様はこう仰いますが、此の身は我が君にお仕えできて嬉《うれ》しいです」

「そう言ってくれるのは嬉しいけれどもな……」

「落ち人……ヒロ殿は何がご不満なのですか？　クギ殿は同性の私から見ても器量の良い娘だと思いますが」

クギが向けてくるストレートな好意に困っていると、コノハが不思議そう、かつ不満そうな声音で問いかけてきた。器量が良い、ね。それは確かにそうだ。クギは文句なく可愛いし、素直な良い子なのだろう。

「不満があるわけじゃない。責任の重さに尻込《しりご》みしてるだけだ。俺の返事一つでクギの今後が決まるんだぞ？　俺がイエスと言えばクギは俺に一生仕えることになるんだ。それに、俺が拒否した場合、クギは処分を受けるんだろう？　どんな内容の処分を受けるのかは知らないが、あんた達の使命とやらへの姿勢を見る限り、使命を果たせなかったクギに対する扱いが良いものになるとは思えないんだよな。つまり、どっちを選んでも俺はクギの運命を大きく変えてしまうってわけだ。違うか？」

「違いませんな。ただ、ヒロ殿の迷いを晴らす一助となるお話をすることは出来ます」

「ほう？　というと？」

「クギ殿もコノハ殿も当たり前のこと過ぎて失念しておいでのようですね。ヒロ殿、我々の国では法力学――こちらで言うところのサイオニックテクノロジーが発達しております」

「ああ、そうらしいな」

それはもう聞いているし、実感もしている。クギの精神感応能力を実際に体験したし、この聖堂ではサイオニックテクノロジーを使った長距離通信技術を使用しているのも見た。ヴェルザルス神聖帝国のサイオニックテクノロジーが非常に高い水準にあるのだろうなということは容易に想像がつく。

「法力学の系統の一つには様々な方法で未来や運命を予測するものがございます。未だ完全な長期の未来予測には至っておりませんが、どのような道に進めば良いか、その結果どのように過ごすことができるか、といった大まかな未来予測なら可能になっているのです」

「占いで将来を決めるってことか？　マジかよ……じゃあクギは占いで巫女《みこ》になることを決めて、顔も知らない相手に一生仕えるために今まで生きてきたって？」

「はい、我が君。此の身は我が君にお使えするために生まれ、今日まで生きてきました」

「おおう……」

一点の疑念も何もない、純粋無垢《むく》な瞳《ひとみ》を向けられて思わず軽く仰《の》け反《ぞ》る。

「ヒロ殿、未来というものは一つではありません。自分の選択と行動だけでなく、他人の選択と行動も絡み、複雑に、無数に分岐します。その中でクギ殿は自分の望む未来を掴《つか》むべく今まで歩み、今この時点へと至っているのです。誰に強制されたわけでもなく、彼女自身の意志で」

「な、なるほど……ううむ」

占いで自分の行末を決めて今まで生きてきたってのも驚きだが、そういった技術を体系的に発展させてきたヴェルザルス神聖帝国では当たり前のことなのかもしれない。当たるも八卦《はっけ》、当たらぬも八卦みたいなものではなく、限りなく未来予測に近い占いができるようになっているなら、そういう生き方もアリなのか……？　何にせよ、俺がイメージしていた以上にしっかりとクギ自身が考え、望んで俺に仕えようとしているということはよくわかった。

「ＯＫ、わかった。ひとまずは素直に受け入れさせてもらう。本決まりになるかどうかはクルーとの相性次第だけどな。ただ、船に乗ってもらうことが決まった後でやっぱり返せって言われても絶対に返さないからな」

「ええ、勿論《もちろん》ですとも。さて、それでは話もまとまったところで実務的なお話を致しましょうか」

コンゴウはそう言って笑みを深くした。

#5：軽量型パワーアーマーを求めて

「で、結局うちの子にすることにしたのね」

聖堂でクギの受入れに関する諸手続きを終え、ホテルの部屋に戻って事情を話すとエルマに予想通りという顔をされた。いや、それはそうだけど……まぁお試しと言ってクギをホテルに泊めた時点で俺の考えは筒抜けだったか。

「ミミさん、エルマさん、これから宜《よろ》しくお願い致します」

俺の横でクギがそう言いながら頭を下げている。獣耳がピンと立っているところを見るに、緊張しているというか、気合が入っているらしい。

ちなみに、クギがうちの子になる際に発生するアレコレ——金銭的な負担やグラッカン帝国との外交的な折衝についてはヴェルザルス神聖帝国が全面的に引き受けてくれた。まぁ、金銭的なアレコレについては俺が全部面倒をみるけどな。うちの子にすると決めた以上は。

「はい。これからよろしくね、クギ」

「はいっ！」

エルマがクギに微笑《ほほえ》み、クギが尻尾《しっぽ》をフリフリと振って頷《うなず》く。うん、仲が良さそうで何より。昨日の女子会に干渉しなかったのはやはり結果として最良だったようだな。俺、ナイス判断。

「よろしくお願いしますね、クギさん。何かわからないこととかあったらなんでも聞いてください」

「ありがとうございます、ミミさん」

「そうだ、色々買ってきたんですよ。ええっと、これがですね……」

ミミも物凄《ものすご》く自然にクギを受け入れているな。最初は警戒気味だったと思うんだが……まぁ良いことだな。注意深く見ていく必要はあると思うが。

「まぁ、私もそうだけどミミもあんたに拾われなかったらどんな目に遭ってたか、ってことを考えると強く拒否することもできないわよねって話。処分ってのも随分と物騒な響きだし」

俺の視線に気づいたのか、エルマが小声で事情を説明してくれる。なるほどな。何にせよ上手《うま》くやれそうならそれにこしたことはない。皆も積極的にクギを受け入れてくれるなら安心だ。

「で、メイ。大丈夫だったの？」

「はい、エルマ様。私が観測していた範囲では不審な点はありませんでした」

「そう。なら良いけど」

「何の話だ？」

「あっちがその気ならヒロが自分達の根城に入ってきた、なんて格好の機会じゃない。洗脳みたいな妙な真似《まね》をしようとしたりしないか、メイによく見るように言っておいたの」

「なるほど」

俺もそれを懸念して昨日クギが荷物を取りに行く時にエルマだけでなくメイを同行させたから、納得の理由だな。などと話していると、部屋の扉が開いてティーナとウィスカが帰ってきた。

「ただいまー、って兄さんも帰ってきとる」

「ただいまです」

「おかえり。早かったな？」

「まだレポートの査読が終わってないっちゅうことでな。レポート内容と実機の比較とかもするっちゅうて、まずはここの人員だけである程度作業をしたいってことになってんねん」

「今日は色々と質問に答えてきただけですね。本格的な作業は明日以降ってことで、早上がりになったんです」

「なんか知らんが、過剰に怖がられてないか？」

「そら怖がられるやろ……360万エネルをポンと右から左に流すような人相手に喧嘩《けんか》売るような真似はできんて」

「左様か……」

日本円に換算すれば億単位の金額か。確かにそんな人相手に喧嘩を売るのは勇気がいりそうだな。少なくとも、俺が日本に住んでいた頃なら絶対に喧嘩を売りたくないし、関わりたくない。

「もしかして、スペース・ドウェルグ社内で触っちゃいけない人扱いされてる？」

「別に困らんけど、せやな」

「あはは……」

ティーナは平然としているが、ウィスカはちょっと困った顔である。暫《しばら》くの間居心地が悪い思いをさせてしまいそうだが、そこは姉妹でなんとか乗り越えてもらおう。長くとも一週間から二週間くらいの話だし。

「大変そうね。それで、今日はどうするの？　部屋でゆっくりする？」

「ちょっと疲れたからな。ダラダラしながらパワーアーマーのカタログでも眺めるか」

「そう？　じゃあ私も一緒にダラダラするわ」

「いいね」

「うちらは着替えてくるわ。仕事着はどうも堅っ苦しくて好かん」

「そうだね。じゃあ、私も着替えてきますね」

そう言って二人は奥の部屋に消えていった。このペントハウス、リビングから主寝室の他に三つの寝室に繋《つな》がってるんだよな。そのうち一つをエルマとミミが、一つをティーナとウィスカが、もう一つをクギが使っている。主寝室は俺だな。メイ？　メイはクギと一緒だな。大体リビングにいるけど。

「やれやれ……なんか気疲れしたぜ」

「そんなに疲れる話だったの？」

「なんでも俺は生きた恒星系破壊爆弾らしいぞ」

「何それ？」

「俺が不幸のどん底に陥ってこの世を恨みながら死ぬと、そんな感じになるんだとさ。知らんけど」

「スケールの大きい話ねぇ……」

座り心地の良いソファにだらりと腰掛けると、エルマもタブレット端末を手に俺の隣に腰掛ける。

こころなしかいつもより距離が近いというか、軽く身体《からだ》が触れ合うような感じで座ったのは俺を気遣ってのことだろうか。

「そんなスケールの大き過ぎる話は気にするだけ無駄でしょ。私達はただの傭兵《ようへい》。それ以上でもそれ以下でもないわ」

「そりゃごもっともだな」

エルマとこうして話しているとスケールのでかい話を聞かされてなんとなくフワフワしてた頭の中身が冴《さ》えてくる気がするな。うん、頭を切り替えよう。真偽もよくわからん与太話を気にするよりも、身を守る軽量パワーアーマーについて考えたほうが遥《はる》かに建設的だ。

「しかし、こうしてみると意外と選択肢が少ないよな、軽量パワーアーマーって」

「そうね。剣での戦闘を考えてってことになると更に少ないわね」

エルマと一緒にリビングのソファで寛ぎながら軽量型パワーアーマーについて色々と調べているのだが、どうにもパッとしない。なんというか、俺の要求とマッチしない。

俺が軽量型パワーアーマーに求めているのは生身の体が持つ身体能力の精密性、正確性を維持しつつ、膂力《りょりょく》や俊敏性を強化し、更に多少の装甲——耐弾性能と対レーザー性能——を確保し、環境適応性を高める、といった具合の内容である。

しかし調べた範囲ではどれも生存性の強化や俊敏性、膂力の強化という意味では及第点以上なのだが、どうにも動作の精密性という点で今一つという感が否めない感じなのだ。動作の精密性は剣を振る上でこの上なく重要な要素——少なくとも俺にとっては——なので、妥協したくない。

「というか、貴族ってパワーアーマーを着る必要はあるのか？」

「ないこともないと思うけど、普通に売っている軽量型のパワーアーマーを見る限り、方向性が噛《か》み合いそうにないわね」

エルマが首を傾《かし》げる。カタログに載っている軽量型のパワーアーマーというのは最低限の装甲と環境適応能力、シールドを装備した上で短距離の飛行を行えるジャンプユニットを装備していたり、急加速を行えるブースターユニットを装備していたり、ステルス性能に特化していたりというものばかりだ。剣を用いた近接戦闘を想定したようなものは見当たらない。

「自由自在というか縦横無尽に剣を振り回すとなると汎用《はんよう》のパワーアーマーでは対応できんのと違う？　お貴族様って強化手術で反応も膂力も上がってるらしいやん？　強化を受けていない普通の人間用のパワーアーマーだとお貴族様の動きについてこれないんとちゃうかな」

「私もお姉ちゃんと同意見です。普通のパワーアーマーって体格が多少違っても動かせるようになっている代わりに、身軽さは失われますよね？　多分、貴族の方は自分用にチューンされた特別なパワーアーマーを使っているんじゃないですか？」

着替えて戻ってきたティーナとウィスカが向かいのソファに座って会話に参加してきた。ウィスカはティーナの髪型をアレンジするつもりのようで、ブラシやらヘアゴムやらが入ったポーチの中身をテーブルの上に広げ始めていた。偶《たま》にこうやって姉妹は互いの髪型をアレンジしてイメチェンするんだよな。今回はどんな髪型にするつもりなのかね。

あと、ミミは少し離れた場所に設置されているテーブルでクギと顔を突き合わせて何か話し込んでいる。メイもついているから変な心配はいらなそうだが、何を熱心に話し合っているのだろうか。まぁ、ミミがクギと熱心にコミュニケーションを取ってくれるのは歓迎するべきことか。気にはなるが放っておこう。

「見つからないとなると、いっそ身体強化処置でも受けるべきなんだろうか」

「まぁ、それもありなんじゃない？　でも、あれを受けるとなると数ヶ月は動けなくなるわよ？」

経験者は語るというやつだろうか。ウィルローズ子爵家——つまり帝国貴族家の娘であるエルマも、実は身体強化処置を受けているらしい。あの細腕で俺よりも力が強い理由はまさにそれであったというわけだ。尤《もつと》も、エルマが受けている強化処置は身体能力の強化と反応速度の向上くらいで、貴族家の当主が受けるような脳の処理速度の向上やら何やらといったもっと高度な処置は受けていないそうなのだが。

「実際のところ、身体強化処置って具体的に何をするんだ？」

「まずはバイオニクス系の処置か、それともサイバネティクス系の処置かってところで分かれるわね。どちらの処置も不可逆なのは変わらないし、身体能力を向上させるという意味では同じだけど」

「なるほど。でもそれぞれの特色があるんだろ？」

「私も詳しくはないわよ？　一般的にはバイオニクス系の処置は強化の度合いに劣るけど身体への負担が少なくて、維持が楽ね。かつ鍛えれば鍛えるだけ能力が向上するって言われてるわ。ただ、処置後身体に馴染《なじ》むまで時間がかかるし、処置に要する時間が長いのがネックね。そしてサイバネティクス系の処置は強化度合いが大きいし、処置後すぐに能力を発揮することができると言われているわね。ただし、バイオニクス系の強化と違って鍛えるということはできないわ。その分、より性能の高い製品に交換することが可能だけど。あと、完璧《かんぺき》にメンテナンスフリーってわけにはいかないから、維持に手間がかかるという点があるらしいわね」

「なるほどなるほど。エルマはバイオニクス系の強化だよな？」

「そうね。帝国ではどちらかというとバイオニクス系の強化のほうが主流よ。機械に置き換えるっていうのが貴族の好みにあまり合わないみたいね」

そう言ってエルマが肩を竦《すく》める。ああ、帝国貴族は機械嫌いっていうか、機械知性にちょっと隔意を持っているというか、苦手意識があるみたいだもんな。サイバネティクスで身体が機械に近づくってのが嫌な人が多いのかもしれない。

なんて話をしていると、向こうで話していたミミとクギがこちらへとやってきた。そしてミミがクギを俺の隣――エルマとは反対側だ――に座らせ、その隣に自分が座る。

「どした？」

「クギさんがヒロ様の会話が気になるって言ったので」

「うん？　なんだろう」

なんだかちょっと恐縮気味のクギに視線を向けると、彼女はおずおずとした様子で口を開いた。

「あの、なんだか強化手術を受けるですとか、そういうお話が聞こえたので……申し訳ありません、盗み聞きをするつもりでは無かったのですが」

「いや、別に気にしなくて良いけど」

そう言いつつ、彼女の頭の上でピコピコと動く大きな獣耳に視線を向ける。まぁ、この耳なら普通の人間よりも耳は良さそうだな。エルマのエルフ耳とどっちがよく聞こえるのだろうか。

「ミミさんから伺ったのですが、我が君は生身での戦闘能力と生存性を向上させるためにぱわーあーまー？　という鎧《よろい》を求めていらっしゃるということで宜しいのでしょうか？」

「うん、そうだな。どうにも気に入るものが無いんで、強化処置を受けるのも有りかななんて話をしていたんだが」

「なるほど……その、我が君のしようとしていることに口を出すのは差し出がましいと思うのですが、私はそういったものは必要ないと思います」

「なるほど……？　その心は？」

「はい。現状、我が君の身体から迸《ほとばし》るポテンシャルは殆《ほとん》ど何にも利用されずに放出されているだけの状態です。それを制御すればそのぱわーあーまーという鎧を身に纏《まと》うよりも余程強力な力を得られるかと思います」

「「「あー……」」」

俺だけでなく、メイとクギを除く全員が全く同じ反応をした。

「ええと……？　此《こ》の身は何か変なことを言ってしまいましたか？」

クギが不安げな表情を浮かべながら首を傾げる。

「いや、変なことは言ってないよ。ただ、その方向性は切り捨てたんだよな」

「切り捨てた、ですか？」

「うん。だって考えてもみてくれ。生身でパワーアーマーを圧倒するような身体能力を発揮して、山一つを消し飛ばすような謎の攻撃を放ち、レーザーや飛んでくる銃弾を歪曲《わいきょく》させて身を守るなんてあまりに常識はずれだし、そんな姿を晒《さら》したら絶対何か余計なトラブルを引き寄せるだろう？　それならそっちの方向に力を伸ばすのはやめて、普通にパワーアーマーなんかを使って常識の範囲内に収まっていた方が何かと安全じゃないかと思うんだ」

と、そう言って聞かせるとクギは「なるほど」と頷《うなず》いて少し考えてから再び口を開いた。

「此の身はぱわーあーまーという鎧のことはミミさんから少し聞いただけなのですが、聞いた限りの話ですと此の身どもの国の兵であれば生身で同じか、それ以上の能力を発揮できるかと思います。別に常識はずれとまで言われるようなことではないかと」

「えっ、なにそれ怖」

ということは、聖堂にいた護衛官とやらのコノハもそんな感じだったのだろうか？　侮れないな、ヴェルザルス神聖帝国の武官ってのは。

「我が君であれば此の身どもの兵が束になっても敵《かな》わないほどの力を発揮することが可能でしょう。あまりに強力すぎて目立つのが良くない、ということであれば程よい加減で力を制御すれば良いだけの話ではないでしょうか？」

「それはー……そうかもしれないけどぉ」

クギの純粋な眼差《まなざ》しに思わず言《い》い淀《よど》む。確かに目立つから嫌とかそういう理由で手に入れられる力を放置し、最善の手を打たないのは俺の流儀に反すると言える。利用できるなら何でも利用すべきだ。それはわかる、わかるんだが。

「だってなんかそれスーパーサ○ヤ人みたいじゃん！　俺だって空想で舞空術《ぶくうじゅつ》使って空飛んだりかめ○め波撃ったりとかに憧《あこが》れたことはあるクチだけどさ！　流石《さすが》にリアルでそういう風になりたいとは思わないいんだよ！」

「すーぱーやさいじん……？」

クギが困惑の表情を浮かべる。そうだよね、いきなりこんな話をされても困るよね。

「そのかめなんとかというのは此の身には何のことなのかわからないのですが、山一つを吹き飛ばすというのは……効率が悪いかと。そんなことにポテンシャルを浪費するくらいであれば、高強度の精神感応で敵を無力化するほうが遥かに効率が良いかと此の身は考えます」

「おおっと、なんだか遥かに物騒っぽい発言が出てきたぞ。高強度の精神感応ってどんなもの？」

「対象の精神に強い負荷をかけて集中力を著しく乱したり、気絶させたり、強度によっては精神そのものを破壊したりする手法です。我が君であればこのコロニー全体に影響を及ぼすことも容易かと思います」

「物騒だなオイ。そんな毒電波発生機みたいなもんになりたくないいんだが」

「兄さん、話の方向性がずれてんで。まぁ兄さんの好みはともかくとして、クギの言うことも一理あるんとちゃう？　前は修行の為《ため》に何ヶ月もリーフィル星系に留《とど》まるわけにはいかんっちゅうこともあってそっちの方向性はナシってことにしてたけど、今後クギがうちらと一緒に行動するならクギに教えてもらってコツコツとそっちの方も頑張ればええんちゃう？」

「そうですね。パワーアーマーはパワーアーマーで用意するとして、その超能力？　みたいなのも習得してみれば良いんじゃないですか？　別に身につけて損になるようなものではないでしょうし」


意外にも明らかに科学の徒であろうドワーフ姉妹が俺の超人化計画に乗り気である。割と君達の分野に真っ向から対立しそうな内容なんだけど。


「実際のところ、ちょっと興味はあるんよね。サイオニックテクノロジー関連には」

「全く違う技術体系だからねぇ。お兄さんがそういう能力を身に着けてくれればなにか面白い発見があるかもって思うんですよね」

「興味優先かい。俺への心配はないのか？」

「言うて、もともと兄さんの身体はそういうもんなんやろ？　クギ曰《いわ》くやけど。強化処置で変に身体をいじくり回さなくても良いっていうならそのほうがええんちゃう？」

「それはそうかもね。私は小さい頃に強化処置を受けたけど、強化処置を受けた後って馴染むまで暫く身体の調子が悪くなるのよね。結構辛《つら》いわよ、あれ。最低でも三ヶ月は動けなくなるし、パワーアーマーを買うよりも遥かにお高くつくし」

「ぐぬぬ……」

そのポテンシャルの制御――つまりサイオニック能力の訓練をすれば安全性が増すっていうなら得しか無いか？　今後、クギが同行するという話になれば修行もゆっくりすれば良いわけだし。後ははっちゃけないように俺が自制すれば良いだけといえばその通りだ。問題無いな？　無いよな？

「ＯＫ、わかった。そっちの方向性に関しては前向きに受け入れる。身体強化処置はしない。パワーアーマーは手に入れる。そういう方針で行くことにする」

「それでいいと思うわ」

「となればヒロ様に合う軽量型パワーアーマーをなんとかして見つけないとですね」

それが問題なんだよな。市販品として出回っている中に良いものがないなら、後はオーダーメイドするしかないか？　そうなると、どこから手を付けたら良いものかわからんな。適当なパワーアーマーのメーカーで聞いてみるか、それとも他の手を考えるか。ううむ。

☆★☆

翌日、俺はとある人物に通信を試みた。

『それで、私に連絡をしてきたというわけか』

「はい、お義兄《にい》さん」

俺が笑顔を作りながらそう言うと、ホロディスプレイの向こうの美男子が嫌そうに顔を歪《ゆが》めた。

『貴様に義兄《あに》と呼ばれるのは単純に嫌なんだが』

「まぁまぁそう言わず。可愛《かわい》い義弟《おとうと》がお義兄さんしか頼れる人はいないとこうして連絡をしたんですから」

『可愛くない。全然可愛くないぞ』

画面の向こうで渋面を作っている美男子の名はエルンスト・ウィルローズ。帝都に住むエルマの兄である。

このウィンダス星系は帝都からほど近い場所にあるハイテク工業星系なので、ハイパースペース通信を使えばこうして簡単に帝都ともリアルタイムに通信を行うことができるのだ。もう少し遠くなるとリアルタイムでのハイパースペース通信は不可能になるので、そうなると利用料金が大変に高額なゲートウェイネットワークを利用した通信でなければリアルタイムでの通話はできなくなる。

リアルタイムでの通信に拘《こだわ》らないならハイパースペース通信をリレーしてホロメッセージのデータを送信するか、そうでなければホロメッセージデータを記録した媒体を直接配達するという昔ながらの方法しかなくなる。星間通信というのもなかなかに大変なものなのだ。

『とはいえ、私がお前を助けることで結果的にエルマが安全になるならそれも良いか……お前が死ぬとエルマが悲しむだろうしな』

「流石はお義兄さん。話がわかる」

『そのお義兄さんというのをやめ……はぁ、もういい。実のところ、剣を尊ぶ貴族達御用達《ごようたし》のパワーアーマーメーカーは、ある』

「おぉ、それは素晴らしい」

白刃主義者というのは言い換えれば強い貴族という理想像を追い求める懐古主義者とも言える。

グラッカン帝国の貴族の象徴と言えば剣だが、その剣と対を成す存在が鎧であるのだという。

グラッカン帝国の貴族にとって剣は権力の象徴であり、鎧は財力の象徴なのだとか。確かに地球でも中世期の騎士や貴族の鎧ってのは大変に高価な物だったと記憶している。要は、その延長ということなのだろうか。

『だが、一見客はお断りの上、平民相手には商売をしない』

「なんという殿様商売」

『しかし紹介状があり、且つ本人が貴族であれば話は別だ』

「名誉爵位でも大丈夫かな？」

『恐らくはな。お前は名誉子爵で、御前試合でもその実力を示しているし、また皇帝陛下の覚えもめでたいということになっている。無下にはされまい』

エルンスト義兄さんがそう言いながら何かのデータを送信してくる。どうやらこいつがお義兄さんの言う紹介状というやつらしい。ついでに店の位置らしきマップデータも送られてくる。なんだかんだ言いながら親切だな、お義兄さん。惚《ほ》れそう。

『本店は帝都だが、ウィンダス星系にも支店がある。そこには貴族軍人も多いからな』

「戦場で甲冑《かっちゅう》を着る軍人の貴族がいるんで？」

『白刃主義者にだってリアリストはいる。どう足掻《あが》いても生身では致死出力のレーザーを避けるのにも限界があるし、一発被弾したら深手は避けられん。個人用シールドの容量は限定的だしな。かと言っていくら貴族の身体が強靭《きょうじん》とはいっても重いジェネレーターを背負って戦うわけにもいかん。

となれば、ジェネレーターを搭載しているパワーアーマーを利用するのが自然だろう？』

「そう……かな？　そうかも」

そもそも剣を使って戦うのをやめたら良いのでは？　と思わないでもないが、実際のところ相手や状況によってはレーザーガンやライフルよりも剣のほうが有効だったりするんだよな。

『まぁ、細かい話は向こうでするんだな。私も暇ではないのでこれで失礼する』

「ありがとうございました、お義兄さん。恩に着ます」

『ふん……ならたまにはエルマを連れて帝都に顔を見せに来い。父上も母上もエルマに会えれば安心するだろうからな』

「前向きに善処します」

ビシッ、と敬礼をしてみせるとエルンスト義兄さんは溜息《ためいき》を吐《つ》いて通信を切った。最後に溜息は流石に無いんじゃないですかね？　まぁ、お義兄さんの言う通りたまには帝都に顔を出すのも良いだろう。もしかしたら皇女殿下やファッキンエンペラーから呼び出されるかもしれないが、その時はその時だ。俺は恩には報いる系男子だからな。

「さぁて……皆に連絡するか」

俺は今、ホテルの部屋に独りでいる。女性陣はどこに行っているのかと言うと、昨日揃《そろ》えることが出来なかったクギの生活用品を買いに行っているのだ。本人が居ないと買うのが難しいものもいくらかあるものだからな。下着とか。まぁ、女性陣とは言っても整備士姉妹は出勤したので、お買い物には同行していないのだが。勤め人というのは大変だなぁ。

☆★☆

「そういうわけで、俺はお義兄さんから紹介状と店の情報をゲットしたわけだ」

「おぉー」

「ついてこないと思ったら、兄さんに連絡してたのね……」

ミミがパチパチと拍手をし、エルマが苦笑いを浮かべる。エルンスト義兄さんから貴族御用達のパワーアーマーショップの情報を入手した俺はミミ達に連絡し、クギの生活用品の買い出しを終えた彼女達とこうして合流したというわけだ。

メイにちらりと視線を向けると、彼女は小さく首を横に振った。クギがミミとエルマにサイオニック能力を使った精神干渉を行ったりしないか監視するためにメイが彼女達に同行したのだが、メイの反応を見る限りその兆候は無かったらしい。

クギがそんなことをしたりはしないと俺は考えているのだが、メイとしてはまだ警戒を解くべきではないと考えているようだ。今回の件に関しては単に俺がクギを簡単に信用しすぎなんだろうな。メイには損な役回りをさせることになってしまっている。いずれ何かしらの形で埋め合わせをするべきだろうな。

「我が君、それでは今からその鎧鍛冶《よろいかじ》に足を運ぶのですか？」

「そうしようかと思っている」

「なるほど。帝国の鎧鍛冶が作るぱわーあーまーというものがどういうものなのか、見るのが楽しみです」

頷《うなず》きながら、俺はよくわかかないプラスチックのような素材でできたカップの中身を一口飲んだ。

なんというか、奇妙な味である。甘いミルクティーのような飲み物なのだが、妙にスパイシーだ。香辛料でもぶち込んでいるのだろうか、これは。俺は飲んだことがないが、インド辺りで飲まれているというチャイと呼ばれるお茶に近い飲み物なのかもしれない。

「あちゅっ……ふー、ふー」

どうやらクギは猫舌であるらしく、お茶にふうふうと必死に息を吹きかけている。ちょっと可愛い。しかし三尾の狐《きつね》耳なのに猫舌とはこれいかに。

そんなクギにミミが微笑《ほほえ》ましげな視線を向けている。わかる。頭の上の獣耳と尻尾《しっぽ》が忙《せわ》しなくピコピコふりふりと動いていて見てて飽きないよな。

「それじゃあ一服したら向かってみるとするか。ぶぶ漬けでも出されたりしてな」

「ぶぶ漬け?」

「ああ、俺の住んでいたとある地域の話でな」

と、ぶぶ漬けにまつわる話をする。まぁ、今時ぶぶ漬け云々《うんぬん》なんて言い方をすることは無いらしいが、ある意味鉄板ネタだからな。

俺達は猫舌のクギがお茶を飲み終わるまで、そんな話をして時間を潰《つぶ》すのであった。

☆★☆

かくしてエルンスト義兄さんに紹介された店へと足を運んだのだが。

「いらっしゃいませ」

俺達を出迎えたのは執事のような格好をした初老の男性であった。店内の雰囲気はパワーアーマーショップというよりは高級な仕立て屋のような印象だ。床には落ち着いた色のカーペットが敷かれ、そのカーペットの上にはチリ一つ落ちていない。店内には木製か、少なくともそう見える調度が多く見られ、こういった店内にはありがちな大量のホロディスプレイなども見当たらない。

まぁ、ありがちとは言っても俺が足を踏み入れたことのあるこの手の店というのはガンショップくらいしかないのだが。俺が入ったことのあるガンショップは大量のホロディスプレイに様々なメーカーの様々な商品が目まぐるしく展示されている、という感じの店だったので、この店の視覚的に落ち着いた情景というのは逆に落ち着かない感じがする。

「失礼ですが、初めてのお客様ですね？」

「ああ、紹介状がある」

そう言って俺は小型情報端末を操作して、エルンスト義兄さんから貰《もら》った紹介状のデータを送信した。データを受け取った店員と思しき男性はそのデータをタブレット型の端末で受け取り、仔細《しさい》を確認する。

「なるほど、ウィルローズ子爵家の」

そう言って店員――いや、店主だろうか？　彼はチラリとエルマに視線を向けた。視線を向けられたエルマは小さく肩を竦《すく》めてみせる。

「貴方《あなた》様のことは存じ上げております、キャプテン・ヒロ様」

「ふむ？」

「このウィンダス星系でもリアルタイムで御前試合は中継されていたので。御前試合には私どもを重用して下さるお客様も出場していたのですよ」

「なるほど、それなら悪いことをしたかな？」

結局あの御前試合では全ての種目で俺が優勝した。つまり、その重用して下さるお客様も俺の手にかかるか、あるいは他のトーナメント出場者の手にかかるかして敗北した筈《はず》なのだ。

「正々堂々とした勝負の結果ですから、含むところなど勿論《もちろん》ございませんとも。それよりも敬服の念を抱くばかりです」

「そうか。まぁ、挨拶《あいさつ》はこれくらいにして本題に入ろうか。知っての通り俺は粗野な傭兵《ようへい》なんでね。お上品な世間話は苦手なんだよ」

「承知致しました。お嬢様方もどうぞこちらへ」

そう言って彼は少し奥まった場所にある商談スペースへと案内された。流石《さすが》に帝城と比べれば数段落ちるが、それでも中々に高級な作りの商談スペースである。シップヤードのラウンジも豪華と言える作りだったが、こちらはちょっと方向性が違うな。あちらは最新、快適をテーマにしているが、こちらは高級、アンティークをテーマにしている感じだ。

「私どもの店にわざわざ足を運んで頂いたということは、取り扱っている商品についての説明は必要ありませんかな？」

座り心地の良いソファに俺達が腰を落ち着けたのを見届けた彼は自らも対面の椅子に座り、そう問いかけてきた。俺は彼の問いに首を横に振る。

「いいや、俺が知っているパワーアーマーってのは通常の歩兵用のものだけだからな。貴族用のパワーアーマーってのがどんなものなのかは全然知らないんで、説明もしてくれるとありがたいね」

「承知致しました」

彼はそう言って頷き、指先で自分のタブレットを操作した。すると、木製にしか見えないアンティーク調のテーブルの上にホロディスプレイが立ち上がる。ただの木製テーブルに見えるが、実のところそういう見た目なだけのホロディスプレイ内蔵テーブルであるらしい。

「私どもが扱っているのはオーダーメイドのパワーアーマーです。発注されるお客様の体格や要望など完璧《かんぺき》に沿った唯一無二の一品をお届けするのが私どもの仕事であると自負しております」

「なるほど。でも、お高いんでしょう？」

冗談のつもりでそう言ったのだが、彼は真面目な表情で頷いた。

「当然、お値段は張ります。最低でも20万エネルはくだりますまい」

「ほーん……まぁそれくらいなら大した金額でもないな」

警戒して損をした。これで２００万エネルからとか言われたら流石にぎょっとするところだったが、20万エネルから、ということであればどんなに欲しい機能や性能を盛りに盛ってもその十倍にはなるまい。そんな俺の発言に店主らしき初老の男性は目を丸くした。

「これでも儲《もう》けてる方なんでね。それに、いくら高いって言っても船に比べればな？」

「まぁ、そうね。最低クラスの船でもフル改造しようと思えばその十倍の金額は軽く吹き飛ぶわけだし」

「なんともはや……」

俺とエルマの発言に男性は驚きを禁じえないようである。市販のパワーアーマーだと最高クラスのものでも10万エネルも出せば手が届くものな。型落ちの中古品とかだと下手すりゃ1万エネルもしない。そんなパワーアーマー市場の事情を考えれば、最低でも20万エネルというのは確かに高額なのだろう。それだけ出せば最新の高性能パワーアーマーが二着買えるし、スタンダードな品質のものなら四着か五着は買える。品質に目を瞑《つぶ》れば一個小隊とまでは行かないだろうが、十着以上のパワーアーマーを揃えることも可能だろう。

「というわけで資金面の心配はいらない。だから一番良い装備を頼むぞ？」

「承知致しました。これは思わぬ大商いになりそうですな」

そう言って彼はニンマリと実に嬉《うれ》しそうな笑みを浮かべてみせた。

「基本的な機能としては通常のパワーアーマーと変わりません。つまり強靭とは言えない生身の体を守るための装甲を獲得し、その装甲を纏《まと》った上でも十全に動き回るためのパワーも獲得する。場合によってはジャンプユニットや光学迷彩機能、固定武装による火力の獲得などを選択する場合もあります」

彼がタブレットを操作すると、テーブルの上に展開されたホロディスプレイに様々なデザインのパワーアーマーが表示された。

「市販品と比べるとどれもかなりスリムだな」

「装着者様の身体に合わせて作られておりますからな。市販品のパワーアーマーはある程度体格に違いがあっても問題なく装着できるようになっておりますが、こうしたオーダーメイドパワーアーマーはそうはいきません。完全にその方の専用機というわけですな」

「なるほど。体型が大きく変わってしまうと装着が難しくなりそうだな」

一番ありそうなのは太ってしまった場合とかだな。まぁ、今まで通りにしっかり運動していれば俺にその心配は無いと思うが。成長期だってとっくに終わってるから背が伸びるようなことも無いだろうし。

「貴族はあまり理想的な体型から変わることがないから、そういう心配はいらないのよね」

「強化処置の恩恵か……」

「……ヒロ様、私ちょっと強化処置を受けたくなってきました」

ミミがエルマのスリムなお腹《なか》周りを見て呟《つぶや》く。ミミはこれでかなり運動を頑張っている。最初は五回腕立て伏せするのも難しいような非力具合だったが、今は軽く二十回はこなしているしな。全体の運動強度も最初とは比べ物にならないほどになっている筈だ。ミミ的にはもっと痩《や》せたいらしいが、俺は今のままで良いと思う。寧《むし》ろもう少し肉付きが良くても……いや、今はミミの体型の話はおいておこう。

「貴族用ってことは、勿論剣を使った戦闘を想定しているんだよな？」

「はい。各関節の動きを阻害しないよう、最新の技術を使って着心地の改善に取り組んでおります。しかし、やはり剣を使いますか」

「それが目的だからな。戦闘用のパワーアーマーはあるんだが、どうしても剣を扱うのには向かなくてな。主に精密動作性の関係で」

「確かに、パワー重視の市販のアーマーでは繊細な動作を必要とする剣技は扱えませんな。私どもが作るアーマーはその点においてもきっとご満足頂けるかと思います」

かなり自信がある口ぶりだな。これで大金をかけて使い物にならなかったらどうしてくれようか。

「注文の流れはどんな形になるんだ？」

「まずは大まかな仕様を決めて、それから採寸と計測ですな」

「採寸はともかく、計測？」

「はい。お客様の戦闘時の動きを予め《あらかじ》トレースしておき、その補助をできるようアーマーにモーションデータを入れておくのです。そうすることによってアーマーのアシスト効率が上がります」

「なるほど」

わかるようなわからないような。まぁそれでアーマーがより使えるものになるのであれば計測でもなんでもしようじゃないか。何にせよ、まずは仕様を決めるところからだな。

#6：めんどうくさい金髪の子

仕様の決定にはさほど時間はかからなかった。何故《なぜ》なら、俺が求める性能というやつがこの上なくはっきりしていたからである。

まず、最低限度の要件として必要とされているのは環境適応性と精密動作性の二つだ。

環境適応性というのはつまり、テラフォーミング中の惑星や気密の失われた艦内やコロニー内、それに人体に有害な気象条件や有毒性の大気など、そういったあらゆる状況の中で生存し、問題なく活動できるだけの性能だ。これはあらゆる戦闘用パワーアーマーに求められる基本的な性能とも言える。

そして精密動作性というのはパワーアーマーが装着者の動きにどれだけ正確に追従できるか、という性能である。装着者の動きに対してパワーアーマーの反応が遅ければそれは『鈍重』なパワーアーマーであると評価できるし、逆に装着者が思ったよりも『やりすぎて』しまうようなパワーアーマーは『過敏』なパワーアーマーであると評価できる。

どちらの場合でも慣れ次第でそれなりに適切に扱えるようにはなるが、『鈍重』過ぎれば反応が遅れ、『過敏』過ぎれば精度が落ちる。つまり過敏でも鈍重でもなく、吸い付くような操作感のパワーアーマーこそが精密動作性に優れるパワーアーマーだと言えるだろう。

「その辺りは殆《ほとん》どのお客様が同様に求められる点ですな。無論、そういった需要にお応えするためのノウハウはございますのでご心配なく」

それが先程彼の言っていた計測作業というやつであるようだ。ハードウェア面だけでなくソフトウェア面での調整もしていくわけだな。

「整備性も大事だな」

「技術的にはともかくとして、最新鋭の素材を使うとなかなかに難しくなるところですな。それは」

「となると、消耗が激しい部分に関しては予め予備のパーツなり素材なりを用意するか」

「もしくはそういった部分に関しては多少妥協をして整備性を優先するかでしょうな」

と、そんな感じで俺と店主が話している横でエルマとミミ、それにクギはパワーアーマーの見本を眺めながら何やらはしゃいでいる。

「パワーアーマーっていうともっとこう、ずんぐりむっくりしているというかゴツい印象なんですけど、なんだかとってもスリムですよね」

「そうね。貴族用ってことで見た目もかなり重視されているみたい」

「立派な鎧《よろい》ですねぇ……でも、こんなものを着たら重くて動きが鈍くなるのでは？」

「パワーアーマーにはそうならないように人工筋肉で――」

パワーアーマーの事をよくわかっていないクギにミミが解説を始める。うん、なんだか微笑《ほほえ》ましいな。ミミをクリシュナに乗せた直後のことを思い出す。最初の頃はミミにクリシュナの内部を案内しながら積んでいる装備についてあれこれと解説してたんだよな。

ちなみに、デザインに関しては実は俺も結構驚いている。SOL《ステラオンライン》にはこういった貴族用のオーダーメイドパワーアーマーなどは存在しなかったので、初見なのだ。

「基本性能はこれで良いとして、あとはオプションか。実際のところどうなんだ？　俺がいつも使っているパワーアーマーには固定武装がいくつも搭載されていて、武器を装備しなくてもそれなりの火力があるんだが」

「私どもの技術であれば精密動作性を維持したまま火力を追加することも可能です。勿論限界というものはございますが。しかし、あまりに多くの固定武装を着けてしまいますとそれだけ重量も増加致しますので」

「なるほどな。ああ、でもこのパワーアーマーを使うシチュエーションを考えるとそこまでの火力は必要ないか……？」

そもそも、普通のシチュエーションであれば元から持っているＲＩＫＩＳＨＩで問題ないわけだからな。剣を使わないといけない相手でもない限り、火力とパワーと装甲でゴリ押しできるＲＩＫＩＳＨＩの方が使い勝手が良い。となると、新しいパワーアーマーに求めるべき方向性は火力や装甲ではなく、素早さや隠密性か。

「ちょっと考え方を変えよう。環境適応性と精密動作性に加えて、隠密性や機動力を重視する方向にしたい」

「承知致しました」

ＲＩＫＩＳＨＩでは隠密性や機動力は全く期待できないからな。同じような方向性を求めた末に中途半端な性能の似たようなパワーアーマーになってしまうのは勿体《もったい》ない。

「しかし、隠密性と機動力ですか。なかなかに剣呑《けんのん》な注文ですな」

そう言って店主は苦笑いを浮かべる。そんな店主の反応に俺は首を傾《かし》げることになった。

「剣呑？　レーザーガンやプラズマランチャーやグレネードランチャーを追加してくれって言う方が余程剣呑じゃないか？」

「隠密性と機動性を重視した貴族用のアーマーなんて、考えようによっては暗殺仕様でしょ……そりゃ剣呑って評価にもなるわよ」

「なるほど」

同じく苦笑いを浮かべているエルマに指摘され、目から鱗《うろこ》が落ちたような心地になった。確かに、高い隠密性と機動力でもって警備を掻《か》い潜《くぐ》り、剣によって音もなく対象を殺傷するとか暗殺者ムーブ以外の何物でもないな。

「でもその方向性で」

「そこは曲げないんですね」

「曲げる理由がないからな」

ミミに突っ込まれたが、俺は肩を竦《すく》めてそう答える。

正直、外聞なんぞ知ったこっちゃないからな。俺は名誉と誇りを重んじる貴族様ではなく、金のために命のやり取りをする傭兵《ようへい》なのだ。卑怯《ひきょう》と言われようが汚いと言われようが、そんなものは褒め言葉である。最終的に生き残っている奴《やつ》が勝者なのだ。勝ち方や戦い方に拘《こだわ》って命を失っては元も子もない。

そうして最終的に決まった仕様として、まず装甲は対レーザー積層装甲を採用。これはレーザーを照射された際に爆発的な蒸発を起こさないように工夫された最新の装甲で、レーザーライフル級の威力であれば同じ場所に三発受けても内部を守ることができるものなのだという。なんでも最近採掘量が増加したレアクリスタルを素材にした新素材であるらしい。

「レアクリスタルって、アレよねぇ？」

「まぁ、アレだろうなぁ」

「アレですよねぇ」

俺とエルマ、そしてミミの脳裏を過ぎっているのは間違いなく同じものだろう。パルサーの眩《まばゆ》い光をその身に受けてギラギラと輝くバカでかいウニみたいな結晶生命体の親玉、マザー・クリスタルだ。

その他、人工筋肉は現行で手に入る最高級のもので、筋肉量の関係でパワーはＲＩＫＩＳＨＩには及ばないもの、それでも生身の人間ではまず敵《かな》わないレベルの力がある。こいつはパワーだけでなく瞬発力にも優れる品で、フル装備でも時速80ｋｍほどのスピードで長時間走り続けることが可能であるらしい。静粛性も抜群だとか。

「慣熟訓練がかなり必要そうだな」

「多少は必要となりましょう。ただ、お客様のモーションデータを予め取り込んでおけばその苦労はかなり軽減されます」

「なるほど」

他には高出力の小型ジェネレーターと、シールド機能。それに多機能迷彩。これはカメレオンサーマルマントよりも更に高機能な迷彩機能で、光学的な迷彩効果だけでなく赤外線や電磁波、その他諸々《もろもろ》の探知機能を誤魔化すことのできる高機能迷彩であるらしい。

「ただし、あまり激しい動きをすると迷彩効果は著しく低下してしまいます」

「完璧《かんぺき》な透明人間にはなれないってことか」

この世界の技術であればもっと完璧な迷彩技術も開発、実用化されていそうなものだけどな。まぁ、貴族御用達《ごようたし》の店と言ってもあくまでも民間の工房だ。軍用の極秘技術まで扱えるわけではないのだろうから、こんなものなのかもしれない。

「しかし、完璧に暗殺者仕様みたいな装備になってるわね……」

「カッコイイだろ？」

その他には高出力のフックショットと対レーザースモーク展開機能を追加した。

フックショットは現実にありそうでなさそうな道具世界一位（当社調べ）の一品である。壁やら屋根やらにワイヤー付きのフックを撃ち込んで、自分の身体《からだ》を引っ張り上げるアレだ。ワイヤー自体が非常に頑丈な人工筋肉の束で出来ており、それに高出力のモーターを組み合わせてパワーアーマーごと使用者の身体を持ち上げるらしい。つまりカメレオンの舌と巻き上げ機を複合したような機構であるのだそうだ。

対レーザースモークは煙によってレーザー兵器の威力を大幅に減衰させる装備で、両肩の部分に二つずつ、合計四回展開できるようにしてある。展開できる回数に限りがあるから、使い所は考える必要があるだろう。

「かっこいいですね！」

「もう少しこう……どうにかなりませんか？　なんだか悪役っぽいような」

ミミがパワーアーマーのデザインを見て絶賛しているが、どうもクギにはウケが悪い。確かにちょっと悪ノリしてニンジャっぽい外観にしたんだが、そう悪くないと思うんだよな。というか、俺に純白や白銀色に輝くいかにも騎士ですって感じのデザインは似合わないと思うんだよ。

「カメレオン機能で色は変えられるから」

「色の問題ではないような……いえ、此《こ》の身が我が君に意見するなど烏滸《おこ》がましいですね」

「いや、そういうのは言ってくれても良いけれども」

良いけれどもデザインを変えるつもりはない。すまないな。しかし力士に忍者とか大概偏ってるな、俺のパワーアーマーのデザインは。いや、ある意味では統一性があるし、これはこれでアリなのか？　そのうちサムライ型のパワーアーマーでも作るかね。

☆★☆

「ではモーションデータの計測を――む？」

各種仕様が決まり、店主がそう言ったところで突然動きを止めた。左手を自分の左耳に当てて何か聴いているかのような素振りを見せる。耳に小型の通信機か何かを仕込んでいるんだろうか？

「申し訳ありません、まだお約束の時間には早いのですが、予約のお客様がご来店なされたようで。少々お時間を頂いても宜《よろ》しいでしょうか？」

「ああ、勿論《もちろん》。ノンアポで押しかけてきたのはこっちなんだからな」

「ありがとうございます。では、少々失礼致します」

そう言って店主が頭を下げ、席を立って商談室を出ていった。

「これでモーションデータを取ったら後は帰るだけだな。何か買い物でもしていくか？」

「うーん、そうね。別に買うものは特に無いけど、あてもなくウィンドウショッピングするのも良いかもね」

「良いですね、ウィンドウショッピング」

「うぃんどうしょっぴんぐ、ですか」

クギは今ひとつウィンドウショッピングという言葉の意味がわからないようで、小首を傾げている。

「これといった目的を持たずに商店を巡って面白そうなものを探して歩く、って感じの行動をウィンドウショッピングって言うんだ。まぁ、気に入ったものがあったら俺達の場合はその場で買うことになるだろうけど」

「なるほど」

などと話をしていると、出ていった店主が戻ってくる気配が――うん？　もう一人分足音が増えているような?

「失礼致します。こちらのお客様が――」

「げっ」

「あっ」

「……はぁ」

店主と共に姿を現したその人物を見て俺は思わず声を上げてしまった。ミミも驚いたような声を上げ、エルマに至っては額に手をやって溜息《ためいき》を吐《つ》いている。

「人の顔を見るなりげっ、とはなんですか。げっ、とは」

白い軍服に身を包み、不機嫌そうに腕を組んでこちらを見下ろしてくる金髪紅眼の美人さん。最《も》早《はや》見慣れた顔である。なんだか被《かぶ》っている軍帽が前よりも豪華な装飾になっている気がする。

「ご無沙汰《ぶさた》しております」

「言うほどしばらくぶりってわけでもないですけれどね。本当によく会いますこと」

「そうですね、中佐」

「中佐ではなく大佐になりました。こんなにポンポンと階級を上げられても困るんですけどね」

そう言ってセレナ中佐、もといセレナ大佐が眉間《みけん》に皺《しわ》を寄せながら被っている軍帽のツバを指先で弾《はじ》く。彼女の被る軍帽が前に見たものよりも豪華になっているように見えたのは見間違いではなかったらしい。

「昇進おめでとうございます。それで大佐殿は何故ここに?」

「ここに来る理由なんてパワーアーマー以外にあると思いますか？　少し時間が空いたので早めに足を運んでみたら、店主は飛び入りの客に対応中と言うではないですか。この手の店に飛び入りとは珍しい、と思って少し話を聞いてみればその客が傭兵だという話だったのですよね」

「貴族御用達のオーダーメイドパワーアーマーを必要として、尚且《なおかつ》こういう店へのコネを持ってそうな傭兵なんてそう居ないわよね」

「ええ、そう思って店主に引き合わせてもらうよう頼んだわけです。貴方達《あなた》であるということは問い質《ただ》せばすぐにわか――……」

セレナ大佐が視線を動かした先にはクギがいた。クギもセレナ大佐に視線を向けていたようで、二人の視線が絡み合う。

「また増えたのですか……？　貴方という人は」

そしてセレナ大佐がゴミでも見るかのような視線を俺に向けてきた。

「違――わないんだよなぁ……これが。まぁ俺にも色々と複雑な事情がな？」

「複雑な事情、ですか……まぁ、貴方のことですから、そうなのでしょうけれども」

おいやめろ。俺に憐《あわ》れみの視線を向けるんじゃない。まーたこいつ変なトラブルに巻き込まれてるよみたいな目で俺を見るのをやめろ。泣くぞ。

「私の助けは必要ですか？」

「今のところは大丈夫だ。特に困っているようなことはないな」

「そうですか、なら良いのですが。ところで、そちらの方をご紹介しては頂けないのですか？」

「ああ、彼女の名前はクギ・セイジョウだ。ヴェルザルス神聖帝国の巫女《みこ》さんで、遠路はるばる俺のお世話をするためにこのウィンダス星系まで旅をしてきたらしい」

「……？」

そうだよな。事実しか言っていないんだが、そういう反応になるよな。当事者の俺達だって事態を上手《うま》く呑《の》み込めていないんだから、第三者から見ると完全に意味がわからないに違いない。

「ちょっとよくわかりませんでした。もう一度内容を整理してから言ってもらっても良いですか？」

「彼女はヴェルザルス神聖帝国の巫女さんで、彼女が言うには俺はなんか凄《すご》い存在であるらしく、彼女はそういったなんか凄い存在に仕えるために訓練されたプロの巫女さんなんだ」

「？？？」

何を言っているんだこいつみたいな顔をされても困る。俺だってよくわかってないんだから、上手く説明できるわけがないじゃないか。

「深く気にしないでくれ。とにかく彼女は彼女なりの目的で俺の側《そば》にいるのが仕事らしい。今はお互いのことをより深く知るために行動を共にしているんだ」

「全く理解は出来ませんでしたが、とにかくそれで納得しておきます。しかし、ヴェルザルス神聖帝国ですか……」

胸の前で腕を組み、セレナ大佐がクギへと視線を向ける。

「彼はフリーの傭兵ですが、銀剣翼突撃勲章と一等星芒《せいぼう》十字勲章をグラッカン帝国から贈られた英雄で、皇帝陛下の覚えもめでたい名誉子爵でもあります。もし我が帝国に何の断りもなく彼を貴国へと連れ去るようなことがあれば、外交問題に発展しかねないということだけは認識しておいて下さい」

「承知致しました。此の身は我が君に付き従うのみです。此の身が我が君に何かを強制するようなことは決して無いとお約束致します」

クギもまた神妙な顔でセレナ大佐の顔を見返しながら宣言する。まぁ、今の所彼女の言動は一貫してるよな。俺に付き従うのが最優先って感じだ。

「覚えておきましょう。しかし、何故ヴェルザルス神聖帝国が貴方に？　なんか凄い存在、とかよくわからないことを言っていましたが」

「ああー……なんか俺って凄いサイオニック能力の素質があるらしくてな。ちょっと他に見ないくらいに。それが関係してるらしい。正直に言うと俺達もまだよくわかってないんだよ」

「なるほど。つまりいつものトラブル体質というやつですか。貴方も大変ですね」

「他人事みたいに言ってるけど、そのトラブルの何割かは大佐絡みだからな？」

「ところで新しくオーダーメイドのアーマーを注文したのですか？　どのようなものを？」

こいつ、急に笑顔になって露骨に話題を……！

「これよ」

「かっこいいですよ！」

エルマがテーブルのホロディスプレイを操作して俺が発注したアーマーのデザインを表示する。

そのデザインを目にしたセレナ大佐は苦笑いを浮かべた。

「また随分と尖《とが》ったデザインというかなんというか……まぁ、貴方らしいといえば貴方らしいかもしれませんが」

「俺にヒロイックないかにも騎士様って感じのアーマーは似合わないだろう？」

発注したアーマーは環境適応性ももちろんあるものなので、文字通り頭の天辺《てっぺん》から爪先までを覆う全身を覆うタイプのパワーアーマーである。バイザーの色は赤だ。全体的にニンジャっぽいデザインにしたんだが、この世界の人には伝わらんだろうな。

ちなみにこのデザインだが、無数にある外装パーツの中から自分で選んで組み上げることができるようになっている。顔の造形とかの細かい部分がないところ以外はメイをデザインした時と殆《ほとん》ど同じ感じだな。このデザインに合わせて外装を造型してくれるらしい。肝心なのは中身というか、パワーアーマー本体なんだよな。この外装を引《ひ》っ剥《ぱ》がすと、その下には人工筋肉やセンサー類がぎっしりと取り付けられたシャーシがあるというわけだ。まぁ、本体はシャーシだから、この外装に関しては後から変更することも可能みたいだな。

「そういう大佐は何の用で……ってそりゃパワーアーマー関係なんだろうけど」

「大佐になった昇進祝いということで実家からアーマーシャーシが送られてきたんですよ。シャーシのまま放置しておくわけにもいかないので、調整と外装の取り付けのためにこうして足を運んだというわけですね。ああ、そう言えば貴方もモーションデータを記録するのではないですか？」

「その予定だったけど」

「なら丁度良いですね。店主、二人で立ち会うのでモーションデータを取って下さい。できるでしょう？」

「はい、可能です。それで宜しいのであれば」

「ということです。手加減は無用です、やりましょうか」

そう言ってセレナ大佐が腰の剣の柄《つか》をポンと叩《たた》いた。いや真剣でやるんじゃないよね？　もし真剣でとか言われたら逃げるよ、俺は。

☆★☆

店の地下——というか下階にモーションデータを取るための部屋があり、俺とセレナ大佐はそこで立ち会いをすることと相成った。

「前から気にはなっていたんですよ。貴方とは肩を並べて戦った仲でもありますし」

「左様で」

セレナ大佐は白いコートのような上着を脱いだだけ。俺はいつもの傭兵《ようへい》服という出《い》で立ちのままで、互いに強化樹脂製の模擬剣を選んでいる。この部屋自体が巨大なモーションスキャナーになっており、こうして模擬剣を選んだりしている今も俺とセレナ大佐のモーションデータを記録しているということらしい。つまり、戦闘時の動きだけでなく、ごく自然かつ一般的な動作も含めて一挙手一投足までをも記録することによって、アーマー装着時の違和感を少なくすることができるのだそうだ。

「乗り気ではなさそうですね？」

「痛いのは誰だって嫌だと思うんだが……」

長さと重さが丁度よい塩梅《あんばい》の模擬剣を二本選び、セレナ大佐に視線を向ける。ああ、うん。もうなんかやる気満々って感じだね。模擬剣で俺を小突き回すのがそんなに楽しみなのだろうか。

「やる前からそんなことでは勝てるものも勝てませんよ。もっと覇気というものを――」

「それにセレナ大佐みたいな美人さんをボコボコにするのも気が進まないし」

「――私をボコボコにすると？」

「そうなるでしょう」

「……良い度胸です。気に入りました」

セレナ大佐が笑みを浮かべる。うん、とっても笑顔なんだけど大変に攻撃的な笑顔だ。やだこわい。

まぁ、セレナ大佐は俺を小突き回すのを楽しみにしていたようだが、多分そう簡単にはいかない。やる以上は手を抜く気はないし、負けるつもりもないからな。セレナ大佐がメイをも上回る豪傑でない限り、俺の勝ちは揺らがないだろう。

「では、始めましょうか」

「オーケー。お手柔らか――」

お手柔らかに頼む、と俺が言い切る前にセレナ大佐が動いた。というか、既に間合いを詰めて両手で持った大型の模擬剣を肩の上に担ぐように振りかぶっている。

「おっと」

交差させた両手の模擬剣をセレナ大佐の模擬剣に合わせるのと同時に後ろに跳び、セレナ大佐の振るう剣の力も利用して大きく間合いを離す。パワーと速度で上回る相手に足を止めて打ち合うのは危険だ。受け流しようのないパワーのある斬撃を何度も連続で見舞われたら、逃げることも出来ずに防御ごと打ち崩されて血反吐《ちへど》を吐く羽目になるからな。

「そちらからは来ないのですか？」

剣を振り切った体勢のまま、セレナ大佐が鋭い視線を向けてくる。

「俺は平和主義者なので」

「面白いジョークですね」

そう言った瞬間、セレナ大佐の姿が一瞬ブレた。いや、違う。凄《すさ》まじい速度で踏み込んできたのだ。軽く10ｍ以上は離れていたはずなのだが、もう目の前にまで迫っている。うん、人間に出せる速度じゃないと思うんですけど？　強化された貴族ってこえぇな。

「――――ッ！」

「くっ――――ッ！」

息を止め、スローモーションになる世界の中で一歩踏み込みながらセレナ大佐の斬撃を紙一重で避《よ》け、すれ違いざまにセレナ大佐の腹部と右膝《みぎひざ》の下を二本の剣で撫《な》でていく。真剣だったらこれでセレナ大佐は腹部を斬られて致命傷の上、右膝から下を斬られて倒れ伏していたことだろう。

「なるほど。厄介ですね」

前方に跳んで間合いを離してから振り向くと、セレナ大佐は剣を降ろして俺に斬られた腹部の辺りを左手で撫でていた。

「まだやる気で？」

「当たり前です。納得するまで付き合ってもらいますよ」

「うへぇ」

セレナ大佐が獰猛《どうもう》な笑みを浮かべ、再び剣を構える。どうやらとことん付き合う必要がありそうだぞ、これは。

「行きますっ！」

またもその姿がブレて見えるほどの速度で間合いを詰めてきたセレナ大佐であったが、今度は不用意に至近距離までは間合いを詰めずにアウトレンジから攻めてきた。先程までの攻撃は防御ごと相手を打ち崩すような剛の剣だったが、今度は打って変わって一撃が軽い代わりに驟雨《しゅうう》の如《ごと》き剣である。手数に加えてフェイントも交えた技巧の剣だ。

「むっ⁉」

だが、手数が増えれば付け込む隙もそれだけ増える。普通であればその隙すらも手数で覆い隠してしまえるのだろうが、時の流れを鈍化させてその隙を突くことができる俺にとっては反撃の機会が大幅に増えただけだ。

「くっ、どうしてっ⁉」

驟雨のような激しい攻撃の合間合間に存在する僅《わず》かな隙。その隙を的確に突いていくうちに驟雨もそのうち小降りになり、やがて攻守が逆転することになる。突かれた隙を補うために防御に回れば次の攻撃を繰り出すことができなくなり、攻撃のリズムが崩れ、更に隙が増えるのだ。

「はい、終わり」

俺の突き出した模擬剣がセレナ大佐の胸を軽く突く。完璧《かんぺき》に心臓を捉《とら》えた致命傷だ。如何《いか》に貴族といえども循環器系の中心たる心臓を破壊されれば死は免れない。たまに第二の心臓を増設してるのもいるらしいけど。

「……」

おや？　セレナ大佐の様子が……？

「もういっかい！　なっとくいかない！」

「うわぁ！　半泣きだぁ！」

顔を真っ赤にしてぷるぷると震えているセレナ大佐はなんだか可愛《かわい》く見えてしまうのだが、手に模擬剣を持っているのでそれ以上に物騒が過ぎる。強化樹脂製だから斬れたりはしないけど、それで思い切りぶん殴られると普通に痛いんだよ。だから俺は絶対に手加減はしない。絶対にだ。

「おかしいでしょう⁉　何かイカサマしてませんか⁉　なんでそんなに速くもない剣に私が負けるんですか！」

「そうは言うがな、大佐。見ての通りの結果が全てだと思うんだよ」

イカサマをしていないかと問われるとイカサマをしていないとは言えないので、しれっとその質問には答えないでおく。嘘《うそ》はついていない。真実を話さないだけだ。

「納得がいきません！　もう一回！　もう一回！」

ダンダン！　と地団駄を踏みながらセレナ大佐が模擬剣を振り回す。お子様かよ！

「それじゃあ泣きの一回だぞ？　これは貸しだからな？」

「ぐぬぬ……わかりました！　借りておきます！　いざっ！」

結局、更に五戦ほど剣を交えたところで俺がギブアップした。全部勝ったが、これ以上は俺の体力が保《も》たない。

「勝ち逃げはズルい！　ズルいと思います！」

「これ以上付き合えるかっ！　結局七戦もやったんだからもう良いだろ！」

そう言って俺は剣を順手から逆手に持ち替えた。これ以上はやらないという断固たるサインだ。

セレナ大佐はまだまだ元気いっぱいのようだが、俺はもうクタクタである。剣を使った近接戦闘というのは実に集中力と言うか、精神力を消耗するのだ。セレナ大佐もどんどん俺の太刀筋に慣れてきたのか、後半は何度も呼吸を止めて時の流れを鈍化させる羽目になったしな。こんなに連続で能力を使うのはメイとの剣術訓練の時くらいだ。まぁ、メイとの訓練と違って血反吐を吐いて転がるようなことにはなっていないので、まだセレナ大佐の相手をするほうが楽だが。

「こんな屈辱は初めてです……」

「屈辱って……ただの模擬戦だろ」

「模擬戦でも私を七度も連続で下した殿方はいなかったんですよ！」

「左様で……別に責任とか取らないからな？」

「むーっ！　別にそんな事は一言も言ってませんけど！　言ってませんけど⁉」

セレナ大佐が顔を赤くして模擬剣の切っ先を俺に突きつけてくる。Ｏｈ、ノーノーノー、ワタシ無抵抗デース。暴力反対。二本の模擬剣を小脇に挟んで両手を挙げて降参しておく。

「モーションデータを取るという目的は十二分に達成されたでしょう。はい、終了。解散！」

「また今度手合わせしてもらいますからね……！」

「あーはいはい、今度ね今度」

屈辱に震えるセレナ大佐の視線をスルーして模擬剣を収納するために壁際に設置された棚へと向かう。なんだか以前に増してセレナ大佐にロックオンされることになってしまった気がするが、これは不可抗力……不可抗力かなぁ？　不可抗力ということにしておこう。いつものトラブルメーカー体質がまた顔を出してきている気がするけど、気のせいだ。きっと気のせい。そういうことにしておこう。

☆★☆

「今日は非番なんです」

貴族御用達《ごようたし》のアーマーショップから出るなり、セレナ大佐がそう言って俺の顔をじっと見つめてきた。

「なるほど、つまり構えと」

「……そういうことです」

意外と素直な反応であった。まぁ、彼女が非番だからと俺達に構えと言ってくるのは今に始まったことではない。非番だからってクリシュナに単身突撃してきて酒盛りをしたことだってあるしな。結果、べろんべろんに酔っ払って彼女は醜態を晒《さら》すことになったわけだが。

「どうする？」

「ええと……お酒以外なら良いんじゃないですか？」

「そうね、とりあえずお酒は抜きで食事でもしながらどうするか考えたら？　身体を動かしてお腹《なか》が空《す》いてるんじゃないの？」

「そう言われてみればそのような気がするな」

ホテルで朝食を摂《と》ってから俺はエルンスト義兄《にい》さんに連絡し、女性陣は買い物へと出かけた。その後に外で合流し、軽くお茶を飲んでからアーマーショップへと赴き、セレナ大佐とチャンバラをしたという流れなので、昼食はまだ摂っていない。時間的には少し早いかもしれないが、今から店を探して入るなら丁度良い時間になりそうだ。

「じゃあそういう方向で行きますか。大佐殿もそれで良いかな？」

「はい、それで構いません」

「オーケー。クギもそれで良いか？」

「はい、我が君」

セレナ大佐とクギからも同意を得られたので、食事処《どころ》へと移動することにする。メイ？　メイは視線を向けただけで頷《うなず》いたから。彼女はパーフェクトなメイドなので、こういう時は影のようにそっと俺達に寄り添っているのである。

「うーん、セレナ大佐がいらっしゃるので、少し高級なところのほうが良いでしょうか？」

とりあえず大通りへと出ようということで、歩きながらミミがタブレット型端末を腰の専用ホルダーから取り出す。歩きスマホというか歩きタブレットは危ないぞ、ミミ。

「そうね。少しくらいはお上品なところのほうが良いかもね」

「別に私はどこでも構いませんよ？」

なんだかんだで付き合いの長い三人なので、ミミとエルマ、それにセレナ大佐の三人は気安い感じで行き先の検討を始めた。セレナ大佐は侯爵家の令嬢なので、ミミなんかは最初の頃はかなり遠慮していたのだが、もう何度もセレナ大佐が酒でぐでんぐでんになって管を巻く姿を目にしているのですっかり慣れてしまったようである。

「クギは話し合いに加わらないのか？」

「此《こ》の身はまだ皆様の食事の好みなども知りませんし、そもそもどのような食事処があるのかもわかりませんので……」

「なるほど……あ、そういやクギの端末と連絡先を交換してなかったよな。交換しておくか」

「あ、はい。ええと……」

クギが肩掛けの鞄《かばん》のような小物入れをゴソゴソと探って小型情報端末を取り出す。ピッカピカの新品に見えるな。

「実はあまり使いこなせていなくて……此の身どもの国では貨幣や紙幣が使われていますし、通信に関してはこのような機器を使う必要もなかったものですから」

「なるほど？　それじゃあまずは端末を起動して……おいおい、認証機能は有効にしておいたほうが良いと思うぞ」

「にんしょうきのうとは？」

クギが首を傾げる。あ、これ本当に何も知らないやつだ。おおう、まさかこのSF世界でテクノロジー製品を全く使いこなせない人がいるとは思わなんだ。こんな感じでどうやってこのウィンダス星系まで辿《たど》り着《つ》いたのだろうか？　そういやなんか国の船に乗ってきたとか言ってたな。

「よし、やっぱり今は鞄にしまっておいてくれ。部屋に戻ってからゆっくりと教えよう。絶対に他人の手に渡らないように気をつけるように」

「はい、我が君」

クギは俺の言葉に素直に首肯し、大事そうに小型情報端末を肩掛け鞄の中にしまい込む。本人も言っていたけど、本当に箱入り娘なんだな。これは順応させるのに手間がかかりそうだ。

そして、俺とクギのそんなやり取りをメイが静かに見守っていた。あまりにじっと見つめてきているのでなんだろう？　と思って視線を向けてみたのだが、メイはなんでもないとでも言うように首を小さく横に振る。俺がクギに何か仕掛けられないか注視してくれていたのだろうか。

「ヒロ。それにクギもちょっとこっち来て。候補をいくつか絞ったからどこに行くか決めましょう」

「あいよー。ほら、クギも行こう」

「はい」

大通りに出たところで声をかけられたので、俺とクギは数歩先行してあーでもないこーでもないと話しながら歩いていた三人に追いつき、道の端——何の変哲もないビルディングの壁近くに集まって行き先を相談することにした。ここならそうそう通行の邪魔にもならないだろう。

「それで、候補がいくつかあるって？」

「はい！　私のオススメはここです！」

そう言ってミミがタブレットの画面を見せてくる。そこに表示されているのは玉虫色に光る謎の球体や、ピンク色の麺《めん》——ではなく何かの幼虫かそれともワームか。とにかく細長い生き物に何かのパウダーがかけられたもの。それと足が四本の昆虫の丸茹《ゆ》で……カニ？　カニか？　いやなんか違うな。とにかくそういう類の俺にはゲテモノに見える料理の数々だ。

「ピッピペロニ星の郷土料理店だそうですよ！」

「ウン、ナルホドネー……次行ってみようか」

チラリと横を見ると、画面を目にしたクギの頭の上の耳がぺたんと伏せられ、わずかに震えている。なんかふさふさの三尾も若干膨らんでいるようにも見える。クギの感覚的にもピッピペロニ星の郷土料理とやらは受け容《い》れがたい見た目であったらしい。というか、どこにあるんだろうか、ピッピペロニ星とやらは。帝国領内なのか？　絶対に近づきたくないんだが。

「私は無難なところを選んだわよ」

エルマがそう言ってミミのタブレットに手を伸ばし、画面を表示する。どうやら帝国料理をメインで出しているレストランであるらしい。フードカートリッジから作られた合成品の食材ではなく、本物の食材――つまり野菜や肉を使った料理が売り、と。うん、これは無難。とても無難。

敢《あ》えてケチをつけるなら、料理の内容がホテルのレストランと同系統なのはいかがなものかというところか。

「そしてもう一つは……ぇぇ？」

最後の一つ、セレナ大佐が選んだのは帝国全土にチェーン店を展開するジャンクフード店であった。帝国内最大手の自動調理器メーカーの直営店で、配置されている人員は最低限。多種多様な自動調理器が設置されており、客は自分の好きな自動調理器を使って料理を注文し、テーブルで食べるだけという感じの店である。

「……なんですか」

「意外なチョイスだなと」

「気取った店で食事をするばかりでは面白みがないでしょう」

なるほど。それも確かに。クギも自動調理器で作られる料理を口にしたことはあまりないという話だし、チョイスとしては悪くないかもしれない。俺達も外食となれば最近は高級なお店に行くばかりだったし。

「俺はセレナ大佐の案を採用したいな。たまにはチープな味を楽しむのもアリじゃないか？」

「そうね、たまには良いかも」

「このチェーン店、ターメーンプライムコロニーにもあったんですよね。昔はよく友達と行ってました。ちょっと……うん、懐かしいですね」

ミミが少し悲しげな表情を見せる。ミミにとっては郷愁の念や幸せな記憶を思い起こさせると同時に、辛《つら》い記憶も一緒に思い出す場所なのかもしれない。ミミの故郷であるターメーンプライムコロニーは彼女にとっては故郷であると同時に、誰も自分を助けてくれなかった場所でもあるからな。

「ほら、そんな顔しないの。食事は楽しまないと損よ？」

エルマも何か察したようで、そう言いながらミミの背中をポンポンと叩《たた》いた。

「はい。そうですね！　今はどんなメニューがあるのか楽しみです。定番メニュー以外は時期によって変わるんですよ」

ミミが気を取り直したように明るい声でそう言って笑顔を浮かべてみせる。まぁ、こういう時にはあまりくどくどと言葉を並べ立てるよりも、一緒に楽しんで楽しい思い出で嫌な思い出を塗り潰《つぶ》してやるのが良いだろう。

「それじゃあジャンクな味を楽しみに行くとするか。自動調理器の料理も案外悪くないもんだぞ」

「そうなのですね。楽しみです」

クギも楽しみにしているようだし、さっさと向かうとしようか。久々にチープなホットドッグのような何かとか、ハンバーガーのような何かを楽しむとしよう。

☆★☆

「どうだ？」
「美味《おい》しいですね。これが全部機械で、しかもふーどかーとりっじというものから作られていると
いうのが驚きです」
クギが両手で掴《つか》んだハンバーガー……のようなものを啄《ついば》むように食べながら尻尾《しっぽ》をふりふりして
いる。真っ白いバンズに朱色がかったパテ、それと濃い緑色のレタスとは思えない何か。形だけな
らハンバーガーなのだが、色彩が変なんだよな。でも味はちゃんとハンバーガーなので、やっぱり
これはハンバーガーなのだろう。
まぁその、使うカートリッジによって微妙に色が変わったりするんだけどね、これ。味は殆《ほとん》ど変
わらないけど、色は変わるんだよ。原材料の違いなのかもしれない。
「ヒロ様ヒロ様、これも美味しいですよ」
「どれどれ？　おぉ？　これは確かに。なんかカレーっぽい」
ミミが食べていたのは黄色がかったパンのようなものなのだが、中にカレーのようなスパイシー
なペーストが入っていて美味しかった。なんかナンの中にカレーが入ってるみたいな料理だな。
「……むぅ」
なんかセレナ大佐がこちらに不貞腐れたような顔を向けてフライドポテト――のようなものをモ
ソモソと摘《つま》んでいる。見た目が緑色でも食感と味はフライドポテトそのものなんだよな、アレ。
「どうしてそんなに不満げな表情をしていらっしゃるのかな？」
「別に……楽しそうで良いですね」

「うわめんどくせぇ」

「めんどくさいって言うのやめてもらっていいですか？」

「ちょっと貴方達、こんなところで取っ組み合いとかやめてよね？　ただでさえ目立ってるのに」

笑顔で不穏なオーラを発し始めるセレナ大佐を見咎《とが》めたエルマが呆《あき》れた様子で注意してくる。

うん、そうだね。目立ってるね。見るからに傭兵《ようへい》って感じの男に美人が四人とメイドロイドが一体。そのうち一人は帝国航宙軍の制服姿で、しかも剣を腰に差している。なんかよく見ると傭兵っぽい男も腰に剣を差している。貴族？　こわ。近寄らんとこ……となるのも当たり前の話だ。

そのせいか、俺達が座っているボックス席の周辺は見事に空白地帯と化している。うん、正直に言うととても申し訳ない。だが俺達としても気を遣って好きなものを食えないなんてのはお断りなので、我慢していただきたい。まぁ、こちらが席を空けろと言ったわけでもなし。勝手に怖がって距離を空けているのだから、気にする必要も無いのかもしれないが。

「貴方達はいつまでこのコロニーに滞在しているのですか？」

「最低でもあと一週間は動けないな。新しい船の納品を待ってるのと、ブラックロータスの改修作業もしてるんでね。クリシュナは動けるけど、新しい船とブラックロータスを置いて他所《よそ》に行くつもりはないな」

セレナ大佐の質問に答えつつ、俺は俺で注文しておいたホットドッグのようなものを食べる。ソーセージの歯ごたえが今ひとつだが、それ以外は何の不満もない出来だな。やっぱり配色はなんかおかしいが。

「そういうセレナ大佐はどうしてここに？　ああ、まぁ軍事機密を聞き穿《ほじ》ろうってわけじゃないけど」

「大佐になったからですよ。後は察して下さい」

「ふむ？」

昇進したからウィンダス星系に留《とど》まる必要があるってことか。つまり指揮官であるセレナ大佐が昇進したことによって、対宙賊独立艦隊の艦隊規模が大きくなるってことかな？　なるほど。それで帝国随一のシップヤード星系であるウィンダス星系にセレナ大佐が滞在しているわけだ。恐らく、ここで新造艦とかそうでもない艦とか色々と受け取っている最中なのだろう。

「大変そうだな。手続きとか」

「ええまぁ、色々と……評価されるのは嬉《うれ》しいんですが、あまりにトントン拍子で事が進むと気苦労も多いですよ。親の七光りだのなんだのと妬《ねた》んでくる連中もいますし」

「それが全く無いって言ったら嘘だろうけど、それ以上に大佐殿の柔軟な発想とか、ここぞという時の判断力とか、あと運とかも絡んでるよな」

「……運が良いというのは否定はできませんね」

そう言ってセレナ大佐がチラリと俺に視線を向けてくる。まぁそうね。俺とブラックロータスが絶妙なタイミングで介入しなかったら、セレナ大佐は結晶生命体相手に戦死してた可能性はあるね。或《ある》いはコーマット星系でやった陸戦で深手を負っていたかもしれない。いくら帝国海兵の支援があっても、あの化け物相手にセレナ大佐一人で挑んで無傷で勝てるかどうかは微妙なところだったんじゃないかな。

「しかし大変だな。部下も相当増えるんだろ？」

「そうですね。今までに比べると大分増えます。まぁ、私も侯爵家の出なので、そういった方面の能力には不足していないのですが」

「凄《すご》い自信だな」

「子爵家出身の私は軽く身体能力を強化しているだけだけど、侯爵家令嬢ともなれば身体能力だけでなく脳の処理能力とかも強化しているんじゃない？　自信というよりは、できるようになっているんだと思うわよ」

「そういうことです。疲れるからあまり多用したくは無いのですけれどね」

そう言うセレナ大佐のコーヒーもどきには大量のガムシロップめいた甘味料がドバドバと投入されている。頭脳労働をするために脳味噌《のうみそ》が糖分を欲するのだろうか。糖尿病とかになっても知らんぞ。

「まぁ、聞く限りでは俺達に手伝えそうなことは何も無さそうだな」

「そうね。艦隊規模が大きくなったなら私達みたいな小規模の傭兵船団は戦力としては誤差レベルだろうし、対宙賊戦術に関してももう独自に昇華しているんでしょう？」

「まぁ、そうですね。最近は食いつきが悪くなってきたので、偽装により力を入れたりしていますよ……いかにも駆け出し傭兵が乗るような船を護衛につけたりね。中身は最新の軍用装備でガチガチに固めてますけど」

「うわぁ、悪質だな」

「駆け出し傭兵が乗るような小型艦が軍用装備でガチガチに固められているとか、襲った宙賊にとっては悪夢でしょうね」

そう言ってエルマが苦笑いを浮かべる。どんな船を使っているのか知らないが、駆け出しの傭兵が乗るような船と言ったら通称ザブトンと呼ばれるスペースマンタとか、通称ニンジンとか呼ばれるスピアヘッドだろう。

どちらも小型艦の中でも最小クラスの船で、ジェネレーターなども当然大型のものは積めないから、戦闘能力には限界がある。しかし、それでも軍用装備で全身を固めれば素早い上に的が小さく、小回りが利き、宙賊艦相手には十分な攻撃力を持つ機体に仕上がる筈《はず》だ。

そういえば、疑似餌の輸送艦も数を増やしたと前に言っていたような気がする。そうすると数隻の駆け出し傭兵が護衛に就いている美味しい船団だと思って襲いかかったら、輸送艦も護衛の船も軍用装備でガチガチに固めたやべー奴らで、しかもすぐさま対宙賊独立艦隊の本隊が増援に現れるというわけか。恐ろしいな。

「悪質も何も、私達にこういったやり方を教えたのは貴方達でしょう」

心外だ、という表情でセレナ大佐がお上品にチキンナゲット——のような何かを口に運ぶ。手掴みで食べているのにどこかお上品な所作に見えるのは凄いよな。これが本物の貴族ってやつですよエルマさん。どう見てもそういう所作には見えないエルマさん。ああ痛い、二の腕を抓《つね》るのはやめたまえよ君。

「目の前でイチャつかないで貰《もら》えますか？」

「教育よ、教育」

「とても痛い……話を戻すけど、艦隊規模が増大するってことは暫《しばら》くは訓練の日々か。大変だな」

「そうなりますね。規模が大きくなる分、戦術も構築し直す必要が出てきますし」

そう言ってセレナ大佐が悩ましげな表情を浮かべる。

セレナ大佐の対宙賊独立艦隊に新たに編入される人員の全員がピカピカの新任士官や新任兵士ばかり、ということもなかろう。そうするとセレナ大佐としては一般的な帝国航宙軍のやり方ではなく、対宙賊独立艦隊の『狩りの作法』というものを新規で組み込まれる人員に叩き込む必要が出てくる。

当然、それだけでなく手駒となる戦力が増えたなら増えたなりのより効率の良い戦術というものも編み出さなければならない。それもまた大変な作業だろうな……ぶっちゃけ、俺が彼女に授けた狩りの作法というものは彼女の配下である対宙賊独立艦隊が総出でやるようなものではないからな。膨れ上がった艦隊の能力をフルに活用する戦術を生み出すのは大変な苦労を伴うことだろう。

ただ、実際のところどうなのかね？　帝国航宙軍、あるいはグラッカン帝国が対宙賊独立艦隊に求めている役割というのは広報部隊に近い性質のものなのかもしれない。普段は宙賊狩りによって国内の治安維持と人気取りをしつつ、ここぞという時に目立つ戦場に投入して帝国の威信を高める、そんな役割が期待されているのではないだろうか。

もしかしたら、単純にどこにでも迅速に放り込めるフリーの戦力として期待されているのかもしれないが。国民からの人気が高ければ予算も取りやすいだろうからな。

「まぁ、役に立てることがあるかどうかはわからんが、船の調達と改修が終わったら俺達もフリーだからな。条件次第では仕事を受けても良いぞ。船の数も増えるからお値段は張るけど」

「そうですね。その時は遠慮なく連絡させて貰います。その時になってやっぱり嫌だというのはナシですよ。そちらから言ったのですからね」

「こっちが納得できる条件ならな」

念を押してくるセレナ大佐に肩を竦《すく》めてそう答えておく。こう言っておけば条件が気に入らないからパスで、と言うことはいくらでも可能だからな。つまり、いざとなれば吹っかけて断ることもできるということだ。ガハハ、勝ったな。

☆★☆

非番のセレナ大佐と食事を摂った翌日。速攻でセレナ大佐から断れない条件の案件を投げられるという展開を実は警戒していたのだが、そういったことも特に無く俺達は平穏無事な一日を過ごしていた。

「傭兵というのは思っていたより、その……」

「地味？」

「ええと、はい。我が君にこんなことを言うのは失礼かもしれませんが」

「別に失礼でもなんでもないけどな」

身体《からだ》にぴっちりとフィットするタイプのトレーニングウェアを着込んだクギの言葉に、俺は肩を竦めながらそう答え、プロテインが配合されているというトレーニングドリンクを飲む。

うーん？　なんかきなこみたいな香ばしい風味が悪くないな。思ったより美味《うま》い。

「今回は船のメンテナンス絡みだから尚更ね。ウィンダス星系で活動する宙賊はほぼいないから、この星系で受けられる仕事って基本護衛なのよ。護衛って数週間から下手すると月単位での契約になることが多いから、クリシュナ単艦で受けるのはちょっとね」

「ブラックロータスとアントリオンを置いていくわけにもいきませんしね」

「結果としてここから動けない、仕事も受けられないとなるとこうしてトレーニングをするか、そうでなければ食っちゃ寝するしかないわけだな」

朝、食事や身支度を済ませて出勤する整備士姉妹を見送った俺達は四人でホテルの近くにある運動施設へと足を向けていた。ホテルには専用のジムなどが無かったので、わざわざこうして足を運んだのだ。本当に食っちゃ寝してると身体が鈍るからな。

「それにしても、クギにも傭兵に対する一般的なイメージってのがあるんだな？」

「はい、傭兵の活躍を題材にしたホロムービーや小説、それにコミックなども目にしたことがあります」

「意外ね。なんだかクギの話を聞いていると、ヴェルザルス神聖帝国の人ってそういう娯楽と無縁なのかと思ってたんだけど」

「そのようなことはありませんよ。確かに此《こ》の身どもは使命を果たすことを第一としていますが、そのためにも幸福で健やかな生活というものは大事なものなのです。そして幸福で健やかな生活を送るには、娯楽も当然必要です。此の身どもの国にも娯楽は広く普及しています」

そう言ってクギが胸を張る。

「わかるようなわからないような話だな……まぁ、全員が全員使命とやらに身を擲《なげう》って、そればかりで楽しみも何も無く一生を終える、なんてのは確かに現実的な話じゃないか」

人は何かしらの寄る辺が無ければ生きていけないものだよな。クギが言っていた使命ってのもなんだか壮大というか遠大というか、ちょっとスケールが大きすぎてよくわからん内容だったし。そんなもののために一生身を粉にして働き続けるというのはぞっとしないな。

「話は変わるけど、クギって結構体力あるっていうか、運動能力高いな？」

「そうですか？　そのような自覚はあまりないのですが」

俺の指摘にクギが首を傾げる。頭の上の獣耳がピコピコと動いていてとても可愛い。

「私もそれは思いました。ヒロ様と殆《ほとん》ど変わらないくらいですよね？」

「いや、多分俺よりも筋力とか瞬発力とかは上だと思う」

ランニングマシンのデータを見る限り、持久力は俺のほうが上っぽいけど、それ以外の身体能力は俺と同等かそれ以上だ。流石《さすが》に軽くと言えど身体強化処置を受けているエルマには敵わないようだが。

「ヴェルザルス神聖帝国の人って皆そういう感じの耳と尻尾《しっぽ》なのか？」

コンゴウやコノハも何かしらの動物っぽい耳が生えていたな。巫女《みこ》っぽい衣装を着た子達もそんな感じだったように思う。

「そうですね、私のような耳と尻尾を持つ方は多いです。形や数は違いますし、耳は我が君と同じような感じで、角が生えている方なども居ますよ」

「なるほど……？」

なんだろう。想像するしかないが、所謂《いわゆる》獣人みたいな人達なんだろうか？　耳が俺と同じような感じで角が生えてるってどんなのだ？　鬼っぽい感じ？　よくわからんな。鬼っぽい人がいるってなると、ヴェルザルス神聖帝国って妖怪《ようかい》王国的な感じだったりするのだろうか？　マジでよくわからんな、ヴェルザルス神聖帝国。

「クギが特別身体能力に優れているってわけじゃないなら、俺とかミミみたいな所謂ヒューマンよりも基本的な身体能力が高いのかもな」

「そうなのでしょうか？」

「ティーナちゃんとウィスカちゃんも種族的に力持ちですし、そんな感じなのかもしれないですね」

あの二人もドワーフだからか腕力と握力凄いからな。あと肝臓の強さも半端じゃない。

「ところで、一通り運動を終わらせたら今日はどうするの？　確か予定は何も無かったわよね？」

「うーん、そうだなぁ。観光をするような場所ももう無いし……」

この三日間でウィンダステルティウスコロニーの商業エリアや娯楽エリアは大体見て回った。特筆するような施設はなかったが、商業エリアの店は全体的に品揃《ぞろ》えが良かったな。

そういやなんかミミが輸入品店で色々と買い込んでいたんだよな……たまに大当たりもあるんだけど、ミミが買う輸入品の食料って大抵ゲテモノなんだよ。

「そういえば、注文した品が今日クリシュナに届くんですよ」

「注文した品、ですか？」

「はい！　交易船が持ち込んだ色々な場所で作られた食べ物です！　クギさん、興味ありませんか？」

ミミが輝くような笑顔をクギに向ける。ああ、いけない。クギ、早まるな。その笑顔に釣られるととんでもないことになってしまうぞ。その笑顔は地獄の宴《うたげ》めいたゲテモノ試食会へと君を誘う罠《わな》なんだ。ええい仕方ない、無理矢理にでも話題を逸《そ》らそう。

「ああそうだ。クギ、サイオニック能力の訓練というか修行ってどんな感じでやるんだ？　そっちの方の能力も伸ばすって話をしただろう？」

「はい、我が君。そうですね……余人の目が無い場所の方が集中できると思います。法力の修練をするなら、お部屋に帰ってからの方が良いでしょう」

「なるほど。じゃあ撤収だな……二人ともそれで良いか？」

「良いわよ。ミミ、注文した品はとりあえず後日ね」

「むぅ……仕方がありませんね」

エルマの言葉でミミが素直に引き下がる。俺も同じように言えば多分ミミは引き下がってくれると思うんだが、どうにもミミにはこう、ビシッと言いづらいんだよな。俺が言うと必要以上にしょんぼりさせてしまいそうで。はい、ジト目で睨《にら》まないで下さいエルマ姉さん。感謝しております。

運動を切り上げた俺達は手早く運動場のシャワー室で汗を流してホテルへと帰還した。

「普通であればまずはある程度の座学を修めて頂くのですが、我が君の場合は既に目も開いていますし、実際に法力を使ってもいるので……」

運動場に持って行っていた荷物を各自部屋に置き、一息ついたところでクギがそう言いながら迷うように眉根《まゆね》を寄せた。サイオニック能力の研究が進んでいるヴェルザルス神聖帝国の巫女をして俺という存在はイレギュラーであるらしい。

「あんまり難しい話は困るが、大まかな説明は欲しいなぁ……例えば、俺が既に使っている息を止めると回りの時間の流れが遅くなる、って能力がそもそもどんなものなのかとか、妙に俺の運が悪い……というかトラブルに巻き込まれやすいのに原因があるのかどうかとか」

「はい、我が君。その二点についてはご説明できます。まず、法力――サイオニック能力の方向性というものは大きく分けて三つの種類に分類されています。一つは力を司る能力、二つ目は精神を司る能力、三つ目が時空間を司る能力です」

「なるほど？」

「此の身どもの国ではそれぞれ第一法力、第二法力、第三法力と呼ばれており、第一法力より第二法力が、第二法力よりも第三法力が高等な力とされています。我が君が行使されている法力はいずれも第三法力と見做《みな》される法力ですね」

「時空間だから周囲の時間が遅くなるってのはわかるけど、トラブル体質もか？」

トラブル体質が時空間を操る能力の一種だと言われても今ひとつピンとこないんだが。というか、やっぱり俺は時空間を掌握していたのか。力を伸ばせば時間停止とかもできてしまうんだろうか。

「はい。我が君の苦難を引き寄せる力は運命を掌握、操作する力の一端が無意識に行使されている結果です。過去に同じような体質の落ち人がいて、詳細に研究がなされましたので間違いないかと」

「運命の操作とはまた大きく出たな……それに詳細な研究って」

「はい、強制保護政策が実行されていた頃に色々とあったそうです。それで、運命操作能力ですが、こちらは時空間を操る能力の延長線上にある能力で、現状で把握されている中では最も強大な法力の一つとされているものです」

「そりゃそうでしょうね。運命を操作するなんてあまりに壮大な話に過ぎるわ」

ソファにだらりと腰掛けてクギの話を聞いていたエルマが苦笑いを浮かべながらそう言う。俺もそう思います。

「理屈というか、法力の行使プロセスとしては明瞭《めいりょう》なのです。時空間把握能力によって未来予測を行い、時空間掌握能力によって予測した未来を強引に引き寄せる。ただそれだけと言えばそれだけですから。問題は、それを実行するために必要な法力の規模が途轍《とてつ》もないというだけで」

「途轍もないと言うと、どれくらい途轍もないんですか？」

「ええと……大体惑星一つを消滅させてしまうくらいの規模の法力ですね。此の身どもが人海戦術で同じことをしようとすると、国中の第三法力を扱うことができる人員を集めて足りるかどうかという感じです」

「Oh……俺、しょうもないことに無意識で凄《すご》いエネルギーを使ってるんだな」

これがサイオニックエネルギーの無駄遣いというやつか。いや、実感なんて欠片もないのだが。

「俺が無意識にとんでもないことをしているということはわかった。というか、相変わらず話が壮大過ぎて雲を掴《つか》むような話にしか聞こえないのがなんとも」

「我が君の御力が強大過ぎる故の弊害ですね……なので、もう少し身近な話をしましょう。今回、修練で我が君に習得して頂きたいのは第二法力なのです」

「第二法力は精神を司る力か。ということはテレパシー的な？」

「はい、我が君。此の身どもの国では念話や以心伝心の術と呼ばれていますが、一般的にはテレパシーや精神感応能力などと呼ばれるそうですね。正確には一言に第二法力と言っても様々な能力があるのですが、我が君に習得して頂きたいのはごく基本的な技術です。以心伝心の術と、他者の精神的な攻撃から身を護る術ですね。とりわけ、他者の精神的な攻撃から身を護る術を優先して覚えていただきたいと思います」

「その心は？」

「はい、我が君。万が一にも我が君の精神が何者かに侵されでもした場合、下手をすると最悪の事態へ直行しかねませんので」

「納得した」

もし俺がサイオニック能力による催眠的な何かで操られてクルーを手に掛けたりしたら？　間違いなく俺の心は大変な傷を負うことになるだろうし、場合によってはクギの言う『最悪の事態』に陥る可能性もあるだろう。つまり、恒星系消滅シナリオが発動しかねないというわけだ。

「了解した。じゃあ早速教えてくれ」

「はい、我が君。まずは向かい合って座ります」

「オーケー」

クギが床のカーペットの上に正座をしたので、俺もそれに倣ってソファから立ってクギの正面に胡座《あぐら》をかく。すると、ミミとエルマもまた同じように俺の左右に座ってクギと向かい合った。メイはクギの後ろの離れた場所――メイの身体能力なら一瞬の距離だが――に立つことにしたようだ。

「……それでは、始めます。我が君、お手を」

ミミとエルマにちらりと視線を向けて少しだけ困ったような表情をしたクギであったが、頭を切り替えたのか毅然《きぜん》とした表情で俺にそう言ってきた。

「はいよ」

俺としてはあまりクギを疑う気がないので、大人しくクギへと両手を差し出す。

「これから此の身が我が君に精神攻撃を掛けます。あ、ご心配には及びません。攻撃と言っても命の危険があったり、恒久的な影響を及ぼしたりするような類のものではありませんから」

「それは信じてるけど、なんでまた？」

「誤解をしないで頂きたいのですが、此の身どもの国には『痛くなければ覚えない』という格言がございまして……恐らくですが、我が君はこの修練に関してもあまり必要性を感じておられないのではないかと此の身は考えているのです。そうそうそのような攻撃を受けることはないだろうし、必要はあまりないだろう、と」

「それは……そうだな」

危険性については承知したが、そのような攻撃を受けることがあるのか？　という話をすると懐疑的であるという指摘については否定できない。クギみたいなプロフェッショナルとかち合うことなんてそうないだろうからな。

「なので、その『そうそう』が起こってしまった時にどうなるのかということをまずは体験していただこうかと。もう一度言いますが、危険なことは致しませんので、どうか皆さんは見守って下さい」

「でも痛いのよね？　ヒロが苦しむ様を見るような趣味は無いんだけど？」

「大丈夫です、そういう意味での『痛い』ではありませんので……少し恥ずかしいくらいかと」

そう言ってクギは微笑み、真正面から俺に目を合わせてきた。

「え、ちょ……！」

待ってくれ、と俺が言う前にクギの金色の瞳《ひとみ》が妖《あや》しく輝き——あれ？　なんだっけ？　なんでおれはまってとかいおうとしたんだっけ？

「このように、精神的防御を一切行っていない状態では我が君といえども直接的な身体接触と視線を合わせることによる経路の確保が行われ、至近距離から術を受けると抵抗できないというわけです」

「へー、そうなんだー」

なんだかよくわからないが、わかった。

「ちょっと、大丈夫なの？　なんか一気にヒロがバカっぽくなっちゃったんだけど」

「ば、バカは言い過ぎですよエルマさん……なんというか、自我が薄いというか……本当に大丈夫なんですか？」

「此《こ》の身が術を解けばすぐに元通りになりますし、放っておいても五分と経《た》たずに元に戻りますよ。ミミさんの言う通り、今の我が君は自我の境界が非常に希薄な状態です。この状態なら……我が君、此の身の質問に答えて頂けますか？」

「うん、いいよ」

なにかひどいことをいわれていたきがするけど、クギのしつもんにこたえないと。

「では、我が君が幼少の頃の思い出を何か話して頂けませんか？」

「おもいで……むかし住んでた家のちかくに解体されてがれきだらけになった家のあとがあって」

「はい、そこで何かあったのですか？」

「そこであそんでいる時にあたまからがれきの上におちて、おおけがをしたことがあるんだ。母さんがまんがかなにかみたくあたまからぴゅーって、ちが出てたっていってた」

「うわぁ」

エルマがへんなかおをしている。しってるぞ、あれはどんびきしてるかおだ。

「ヒロ様、私も質問して良いですか？」

「いいよ」

「ヒロ様にとって私ってどんな存在ですか？」

「あ、ミミさん、それは……」

「ミミはあかるくて、いいこで、かわいくて、おっぱい」

「おっぱい」

「おっぱい」

　おおきいことはいいことだ。だいじなことなのでにかいいいました。

「ほ、他には……？」

「ほか……どりょくかで、めげなくて、おいしいものがすきで、げてものもすきで、とってもかわいくて、おれにはもったいないくらいのいいこ」

「勿体《もったい》ないなんてことないのに……」

　ミミがしょんぼりとしたかおをしている。ミミがしょんぼりするのはかなしい。

「ネガティブな意見が無くて良いことじゃない。ヒロ、私は？」

「エルマはびじんで、つよくて、たよれる、ごりら」

「おいコラ」

「とてもいふぁい」

　エルマがまがおでほおをつねってくる。とてもいたいのでやめてほしい。

「……他には？」

「ほか……くーるでたふなかんじをよそおってるけど、じょうがふかくて、さみしがりやで、ろまんちすとなところがある。とてもかわいい。おれにはもったいないくらいのいいおんな」

「ふーん……まぁ良いわ」

エルマのみみがぴこぴことうごいている。かわいい。

「ええっと……そろそろ術を解きますね？」

「えー？　もうちょっと遊びたいんだけど」

「その、我が君は今はこの状態ですが、全てを覚えていらっしゃいますので……これくらいで十分かと」

「へぇ？　覚えてるの？　それは面白そうね」

エルマがにやにやしている。あれはわるいことをかんがえているときのかおだ。しってるぞ。

「それでは解きます……解きました」

瞬間、意識が覚醒《かくせい》する。一瞬混乱しかけたが、俺は全てを覚えていた。何を口走ったのか、口走らされてしまったのか。

「う……」

「う？」

「うおあぁァァァッ!?」

なんて恐ろしい術なんだ！　いや、まだマシだったけど！　質問内容がまだマシだったからいいけど！　もっと際どい質問をされていたらと思うと冷や汗が出てくる。

「そんなに取り乱すような内容じゃなかったでしょ？」

「自分もかけられてみたらわかるって！　マジで恐ろしいから！　自分の意志とか関係なく言われたままなんでも喋《しゃべ》るのって怖すぎるからな⁉」

「そういうものでしょうか……？」

「俺がこんな感じのサイオニック能力を獲得したら絶対君達にも使ってやるからな？　覚悟しておけよ？」

普段なら絶対に聞けないようなアレやらコレやらを根掘り葉掘り聞き出してやるからな。絶対に。

「流石にそれは、その、先導者としてお諫《いさ》め致しますけれど……」

俺の宣言を聞いたクギが苦笑いを浮かべてそう言うが、俺はやると言ったらやる男だ。いずれ必ず成し遂げてみせる。もっと直接的にアレなことを聞いてやるからな！

「とにかく、精神的防御の重要性についてはよくわかった。絶対に習得する」

「我が君がやる気を出してくださって此の身はとても嬉《うれ》しいです。それでは、始めましょう」

クギが俺に課した修行は苛烈《かれつ》なものだった。

「結局のところ、実践に勝る修練はありません」

そう言って彼女は俺に例の催眠をかけまくった。無論、最初にかけた時ほど一瞬で、抵抗の余地もなくという感じではなかったが、当然ながらいくら素質があろうともド素人の俺に防ぎきれるものではない。俺は何度も催眠状態に陥り、その度に……。

「次は何を聞いてみましょうか？」

「そうねぇ……」

ミミとエルマに根掘り葉掘り色々なことを自白させられた。とてもつらい。

「これは一種の拷問では？？？」

「我が君、痛くなければ覚えません」

「痛いを通り越して俺の硝子《ガラス》の心が砕け散りそうなんだが……」

「頑張りましょう、我が君」

クギは修行に関しては意外と厳しいというかストイックな人であるようで、俺の泣き言をまったく聞いてくれない。ある意味、メイよりも厳しい。メイは訓練ということであれば俺を死なない程度に叩《たた》きのめしてくれ……いやあんま変わんねぇな？　メイも結構アレだな、即死しなければヨシ！　みたいな勢いで俺を叩きのめすな？　俺の回りには修練とあらば悪鬼羅刹《らせつ》の類になる奴しかおらんのか。とてもつらい。

「ぬうおぉぉ！　なんかこう、手応えが！　手応えがわかってき――――アッ」

ほんじつなんどめかのさいみんじょうたいです。あびゃー。

と、長く苦しい修行の末、俺はクギに太鼓判を頂けるだけの精神防御の術を習得することができた。こう、心の壁というか殻を纏《まと》うイメージなのだが……心の壁といえば某人型決戦兵器のアレだよな、などと考えてイメージを固めてみたら上手くいった。いってしまった。

「我が君、この精神障壁は物凄《ものすご》く硬いです……これは此の身では破れませんね」

「硬い精神的な防壁となると、俺のイメージではこれが一番なんだよな……」

一応クギからはクリシュナに搭載されているシールドをイメージすると良いと言われたのだが、

クリシュナのシールドというか航宙艦のシールドは苛烈な攻撃を食らうと飽和してダウンするからな……強固な精神防壁というイメージにはあまり適さなかった。まぁ、例のフィールドも割合バキバキ突破されるんだが。

「もう終わり？　まぁ思ったよりは面白かったわね」

「色々と聞けましたね」

「もう許してくれ」

流石にあまりに際どい質問に関してはクギが止めてくれたが、それでも色々と吐かされたからな。何故二人して俺の過去を穿《ほじ》り返そうとするのか。勘弁して欲しい。

尤《もっと》も、二人が俺の過去を穿り返すことに集中した原因は実はクギにあったりするのだが。

『あの、お二人とも……この術の影響下にある我が君から色々と聞き出すのは止めは致しませんが、聞くことに関してはできるだけ古い過去の話にするようにしてください。今に近いことを聞くのは禁忌とまでは言いませんが、あまり推奨されません。場合によっては諍《いさか》いの種になりますので』

どうせなら止めてほしかったというのが本音だったが、クギのこの言葉によって俺の精神的な危機は大幅に低減された。

「ひとまず、喫緊の課題はこれでなんとか解決できました。あとはゆっくりと使える法力を増やしていくのが良いでしょう」

「使える法力を増やす、ねぇ……まずは戦闘に役立つのが先決だな」

「戦闘に役立つ、ですか……此の身が得意とする第二法力にもそういったものはありますが、どれも高度、かつ軽々に扱うのはあまりに危険なものが多いのです。我が君のポテンシャルで暴発を起こしたりした場合、予想される被害が甚大過ぎるのが難点ですね」

「ああ、この前言ってた毒電波発生機みたいになるやつか……物騒だな」

「そりゃ戦闘用なんだから、物騒なもんでしょ？」

エルマの言うことは尤もだがそれで俺以外の全員が一発でダウンしたり、あまつさえ何か後遺症のようなものを負ったりしたら大変だからなぁ。どっちにしろ一朝一夕でどうにかなるものじゃないんだろうが、危険度が高すぎるのは最初に覚える術としてはちょっと御免被りたい。

「そりゃそうだが、もう少しこう、ソフトなやつが良いな。こう、見えない力で力強く押してふっ飛ばすとか、そこらにあるものを投げつけるとか、相手の身体を掴《つか》んで自由自在にぶん投げたり叩きつけたりするとか、そういう感じのことはできないのか？」

「それは第一法力に属する念力の類ですね。此の身は第二法力は得意なのですが、それ以外についてはあまり得意ではなく……勿論《もちろん》、できる限りの指導はさせて頂きます」

「そうか、それじゃあ早速教えてくれ」

「はい、お任せ下さい」

そう言って張り切るクギであったが、残念ながら本日の訓練で俺が念力の習得に至ることは無かった。こういうのは根気よくやっていかなきゃいけないいんだろうな。気長にやっていくとしよう。

☆★☆

翌日。朝からスペース・ドウェルグ社に出勤していく整備士姉妹を見送り、ここのところ毎朝恒例になっているホテル近郊の運動施設での運動を終えたあと、俺はクギとサイオニック能力の訓練をしていた。昨日の今日では何も手応えはないが、こういうのは信じることとイメージが肝心だというので、腐らず真面目に修行を行う。

ミミとエルマ、それにメイはそんな俺達を横目に見ながら各々何か調べごとをしたり、日も高いうちから呑《の》んだくれたり、特に何もすることもなく座ってじっとしたりしていた。

まぁ、メイの場合は座ってじっとしているように見えて、実際にはネットワーク越しに何か調べたり、他の機械知性と情報交換したり、ブラックロータスに遠隔アクセスしたりしていることも多いようなのだけれども。

そうしているうちにそろそろ昼飯の時間だな、などと思い始めていたところ俺の小型情報端末から コール音が鳴り始めた。クギに一言断ってから画面を見てみると、発信者はティーナであった。なんだろう？　仕事中のはずだが、何かトラブったか？

「はいよ、もしもし？　どうしたんだ？」

スピーカーモードで通信を開始すると、小型情報端末からティーナの声が聞こえてきた。

『あ、兄さん？　今日、半休もらって午前中だけで仕事終わったんよ。うちとウィスカと三人でご飯食べに行かへん？』

「良いけど、三人でか？」

チラリとミミ達に視線を向ける。敢えて三人でというのはどういうことだろうか？　こんな申し出は初めてだな。

「私とメイがこっちについてるから、行ってきなさい」

こちらに視線を向けてきていたエルマがそう言う。ミミもこちらに視線を向け、コクコクと頷《うなず》いている。うーん？　何かこれは事前に根回しがしてあった雰囲気だな？

「何を企《たくら》んでいるんだよ……まぁわかった。どこで合流すれば良い？」

『あんがと。えっと、場所は今からデータ送るわ。うちらもすぐ向かうから』

「了解。また後でな」

そう言って通話を切ると、すぐに合流場所のマップデータが送られてくる。ふん？　ちょっと高級な感じのレストランみたいだな。

「事情は聞かないほうが良いんだよな」

「本人達から聞きなさい」

「オーケー……クギ、すまないが訓練はまたってことで」

「はい、我が君。お気になさらず」

突然の訓練中断にもクギは嫌な顔ひとつせず微笑んでくれる。本当に良い子というか健気《けなげ》というかなんというか。こっちが申し訳なくなってくるな。

「こっちは適当にやってるから。あ、貸し一つね？」

「セレナ大佐じゃあるまいし、勘弁してくれ」

エルマに苦笑いを返しつつ、部屋の片隅で待機しているメイにも視線を送ると、彼女はコクリと頷いた。さて、どんな話が飛び出してくるのやら。

☆★☆

「兄さんこっちこっちー」

トラムを使って待ち合わせ場所へと移動すると、そこには既にティーナとウィスカが揃《そろ》って待っていた。二人とも揃って行動していたのだろうから、一緒にいるのは当たり前なのだが。

「なんだかちょっと気合い入った格好してるな？」

二人ともいつもの作業用のジャンプスーツではなく、ちょっとお洒落《しゃれ》を意識したようなカジュアルな服装であった。朝にホテルを出る時にはいつもの服装だったと思うんだが……そう言えば二人とも何か荷物を持っていたな。わざわざ服を持ち出して着替えてきたのか。今回の行動が計画的なものであるという証拠がどんどん出揃ってくるな。

「ふふん、いっつも芋臭いツナギ姿ばっか見せてとるからな。どや？　惚《ほ》れ直したやろ？　ティーナちゃん可愛いって言ってもええんやで？」

「うん、可愛い、というかかっこいいな、なんだか新鮮な感じだ」

ここは茶化さずに素直に褒めておく。ティーナは身体にフィットしたパンツスタイルのコーディネートで、キュートと言うよりはスタイリッシュと言うべきだろう。種族的に身長は低いが、体格なりに出るとこは出ているので色気も感じる。

「しかし、ウィスカはなんだか随分と緊張してないか？」

「あー、まぁ。それはご飯食べながら話そか」

そう言ってティーナは先陣を切ってお目当ての店へと入っていってしまった。ここでこうしていても仕方がないので、緊張で固まっているウィスカの手を引いて俺もレストランへと入る。ちなみに、ウィスカの格好はスタイリッシュなティーナとは対照的に女性らしさ——というか、少女らしさを強調するようなコーディネートだ。彼女の髪色に似た青いストライプ柄の涼やかなワンピースと、白い帽子という組み合わせである。大人っぽいコーディネートのティーナと並ぶと、なんというか……温度差が凄い。

「大丈夫か？」

「す、すみません……だいじょうぶです」

ガチガチで全然大丈夫じゃなさそうなんだが、本人がこう言ってるとなるとなんともだな。彼女の小さな手はいつになく汗ばんでおり、本当に緊張しているというのが伝わってくる。こんなに緊張するような話を今からされるのかと考えると、こっちも緊張してくるんだが。

レストランに入ると、先にティーナが受付——というか席の用意を店員に申し付け終えているところであった。どうやら予約してあったらしい。

「ご案内致します」

「よろしゅうな。兄さん、こっちゃって」

「はいよ。ウィスカ、歩けるか？」

「だいじょうぶ、だいじょうぶです」

全然大丈夫じゃなさそうなんだよなぁ。まぁ、ティーナもウィスカも緊張はしているようだけど悲愴《ひそう》な雰囲気は全く無いから、別に悪い話では無さそうなんだけども。

そんなことを考えながら店員に案内された先は奥まった場所に用意されている席だった。パーティションで他の席から視線が通らないようになっており、プライバシーを守りつつ開放感も感じられる工夫がなされている。

「なんだかいい雰囲気のレストランだな」

「せやね。ちょっと薄暗いのがムードあってええやん」

決して暗いわけではないのだが、間接照明が多用されていて良い意味で薄暗く、落ち着く雰囲気である。暗くても陰鬱《いんうつ》な印象を受けないのは煩《うるさ》く感じないボリュームで流されているスローテンポの音楽のお陰かもしれない。

「まずは飲み物か？　俺はノンアルコールで頼むぞ」

「うちらもまずはノンアルコールでいこかな。まず先に片付けるもの片付けんとウィスカが参ってしまいそうやし」

苦笑しながらティーナが注文用のタブレットを操作する。確かにこの状態だとウィスカは何を食べても味がわからないだろうな。しかし、酒を入れないで素面《しらふ》で話をしようということか？　ますますどんな話題が飛び出してくるのか気になって仕方がないな。

「兄さん達は朝から運動しに行ってたんやろ？　何か変わったことはあったん？」

「特にはないな。いつも通りさ。クギの訓練を受けたけど、まだ見るからにって感じの超能力を使えるようにもなってないしな。ああ、そういや話したっけ？　クギってああ見えてめっちゃ身体能力高くてさ。俺とそんなに変わらないくらいなんでもこなすんだぜ」

「へー、見かけによらんなぁ。なんか細くて可愛くていかにも女の子って感じやのに」

「種族的なものなのかもなって話をしてたんだよな。ティーナ達も見かけの割に力が強いだろ？」

「確かにヒューマンに比べるとなぁ。うちらからすればヒューマンが見た目の割にひ弱なんやけど」

そうして話しているうちに店員さんがトレーに飲み物の入ったグラスを載せて現れた。ワインのように見えるが、どうやら葡萄《ぶどう》のような果物のジュースであるらしい。本物の果汁で作られたジュースはこういったコロニーでは高級品だ。

「それで、今日はどうしたんだ？　色々と策を巡らせたみたいじゃないか」

「あー、なぁ？　それはアレや、アレ。ウィー？」

「あう、あの、その、ええと……」

急にティーナから話を振られたウィスカが気の毒なぐらい狼狽《うろた》えている。これは聞き出すのに時間がかかりそうだな。

「ＯＫＯＫ、とりあえず良いニュースなのか悪いニュースなのかだけ教えてくれ」

「そ、それはお兄さんしだい、です」

「俺次第？」

なんとも奇妙な話である。二人がこんなに平常心を失うような話題で、話すのにわざわざこのような場を整え、お洒落までして打ち明ける話……しかもそれが良いニュースなのかどうかは俺次第。その時、俺の脳裏に電流が走った。まさか。まさか、そういうことなのか？

「まさか二人同時に命中したのか？」

「『めいちゅう？』」

二人が揃ってきょとんとした顔で首を傾げる。うん？　伝わってない？

「いや、することしてるし、二人揃って妊娠したとかそういう話かと。それは良いニュースだ――」

「ち、ち、ちゃうよぉ……うちもウィーもちゃんと避妊してるし。それで良いニュースって思ってくれんのは、嬉《うれ》しいけど」

ティーナが顔を真赤にして否定する。ああ、そう。まぁそうだよな。その辺りはなんか女性陣で情報共有して色々やっているらしい。身体に負担がかかるものなのではと心配して寧《むし》ろ俺が対策すれば良いんじゃないかという話もしたことがあるのだが、総合的に考えて女性側が対策した方が楽なのだとか。

「じゃあなんだろう。全然予想がつかないんだが」

不意の命中でおめでたです、以外にこんなに改まって話をする理由が俺には思いつかない。ここのところ二人とも例の鹵獲《ろかく》機体の引き渡しと研究の引き継ぎでスペース・ドウェルグ社のウィンダステルティウス支社に通い詰めだったから、これといったハプニングや状況の変化が起こるとは考えられないんだよな。ああ、会社からの辞令で配置転換とかはあり得なくもないのか？　それは困るな。だが、もしそうなら悪いニュースだと断言して良いと思うんだが。そうなるとこれも外れか？

「うーん、わからん。降参だ。話してくれないか？」

「えっとな、その……うちら、会社辞めようかと思ってんねん」

「ほう」

なるほど。

「つまり、スペース・ドウェルグ社からの出向という形じゃなくて、正式のうちのクルーになってくれるってことか？」

「は、はい。その、お兄さんが良ければなんですけど……」

「当然歓迎する。大歓迎だよ。タイミングがあればこっちからお願いしたいと思っていたくらいだ」

「え、そうなん？」

「そうだよ。俺としてもいつ切り出したら良いものかと考えあぐねていたんだよな」

これは本当の話である。ただ、現状で特に不便を感じてはいなかったし、二人ともそれで悩んでいる様子は無いように思えたから問題を先送りにしていたのだ。

「もし会社の命令とかでブラックロータスから降りるように言われたとかそういう話になったら、会社を辞めてうちのクルーになってくれないかって言うつもりだったんだ。タイミングを待っているうちにそっちからそういう話をしてくれるとは思ってなかった」

「そっか……はぁー」

ティーナが気の抜けたような深い溜息《ためいき》を吐《つ》く。なんだかウィスカも同じように脱力してるな。

「断られたらどうしようかって緊張してたんです。何日か前からお姉ちゃんと話をしてたんですけど」

「昨日の夜結論を出したんや。それで、今日うちの会社にそういうふうにしたいって話してきたとこやねん」

「移籍先に先に話を通さないでいきなりそっちに話をするの強心臓過ぎぎんか？　まぁ、絶対に断らないけど」

順序が完全に逆だと思うんだが、もしかしたら先にミミやエルマ、メイに相談していたのかもしれんな。それで絶対に俺が断らないって確信を持って行動したのかもしれん。それにしては二人とも滅茶苦茶緊張してたみたいだけど。

「大丈夫か？　ウィスカ」

「大丈夫じゃありません……安心して身体に力が入らないです」

ウィスカはさっきまでガチガチに緊張していたせいか、完全に脱力してテーブルに突っ伏してしまっている。なんか自分達で勝手に心理的なハードルを上げて無用な心労を被ったんじゃないだろうか。こんなに大げさにしなくても、普通に言ってくれれば即ＯＫ出したのに。

「はー……まぁ丸く収まったっちゅうことで、改めて乾杯しよか」

「そうだな。何に乾杯する？」

「うちらの輝かしい未来にってとこやな」

ティーナはそう言ってグラスを掲げた。輝かしい未来に、か。良いね。そういう未来を実現するために力を尽くしていこうじゃないか。

#7：埒外《らちがい》の力

ティーナとウィスカが正式にうちのクルーになるということが決まってからまた数日が経《た》った。

え？　あの後はどうなったのかって？　飯食って、祝いの席なんだからと酒を無理押しされた上に飲まされて、気がついたらレストラン近くの『休憩所』でご休憩してたよ、三人で。

まぁ、わかってて乗った部分も多分にあるけれどもね。とはいえこんな悪いことする二人にはお仕置きが必要だよなぁ？　ということでちゃんと理解《わか》らせておきました。

「今日の予定はどうする？」

朝食を終え、最低限の身支度を整えたところでそう発言すると、メイが声を上げた。

「ご主人様。例のアーマーショップから商品が仕上がったという連絡が入っております」

「それじゃあ今日はその受け取りですね」

メイの報告を聞いたミミがにこにこと上機嫌な様子でそう言う。

この数日間、それぞれエルマ、メイ、ミミという順でデートをして過ごしてきたのだ。つまり、昨日はミミの番だったわけだな。二人で食べ歩きをしたり、バーチャルアクアリウムを楽しんだり、まぁその後はイチャイチャしたりなんだりって感じでお互いに大変に楽しめた。それで今日はミミの機嫌が良いわけだ。

「それじゃあ今日はクギの番やね」

「此《こ》の身ですか？」

ティーナに言葉をかけられたクギが耳をピンと立ててびっくりしたような様子を見せる。

「そらそうやろ。順々にデートしてるんやし」

「今回は順番が最後の最後になっちゃったけど、こういうのはやっぱりフェアじゃないとね」

ティーナの発言にエルマも同意する。メイは無表情なので今ひとつ心情を読むのが難しいが、もし反対の立場なのであればすぐにそう発言するだろうから、反対というわけではないのだろう。ウィスカとミミも頷《うなず》いているので、やはり反対する人は居ないようだ。

「わかりました。では本日は此の身がお供させていただきます、我が君」

「ああ、よろしく」

とクギにはそう返しつつ、エルマに視線を送る。するとエルマは頷いた。次いでメイにも視線を送るが、メイも同様に頷く。とりあえず、今までクギと一緒に生活を供にしてきた結果、クギに何らかの裏というか、危険はないだろうと二人は判断したらしい。判断が早すぎるのでは？　と思わなくもないが、きっと何らかの対策を講じるつもりなのだろう。とりあえず俺自身も何かトラブルに巻き込まれないよう注意をしておくべきだな。

☆★☆

ちゃんと身支度を整えて――ジャケットを着てレーザーガンと剣を身に着けただけだが――クギと一緒にホテルを後にする。

「まずはアーマーショップに行って商品を受け取ってしまうとしよう」

「はい、我が君。しかし、メイ様に手伝って貰《もら》わなくてもよろしかったのですか？」

「手伝うと言うと？」

「ああいった鎧《よろい》は重いのでは？　持ち帰るのは大変だと思いますが」

クギが俺の隣を歩きながら心配そうな表情でそう言う。ああ、なるほど。そういうことね。

「こういったコロニーには物資の配送システムがあるから、ああいう大荷物は俺達自身の手で運ぶ必要はないんだよ。ほら、コロニー内の移動にトラムを使うだろう？　ああいう店にはあれの小型版みたいなものがあって、物資や商品のやりとりを倉庫から直接できるようになっているのさ」

「なるほど……それでは何故《なぜ》――ああ、わかりました。受け取る前に試着しなければなりませんね」

「そういうことだな。まぁ、俺のサイズやらモーションデータやらはしっかり取ってあるはずだから、そうそう試着して気に入らないなんてことにはならないと思うが」

と、話をしている間にトラムステーションに着いたので、二人でトラムに乗り込む。コロニー内はトラム網がしっかりと張り巡らされているから移動にあまり不便は感じないが、実は結構歩かされるんだよな。

長距離移動はトラムで。そしてステーションからは歩きでって感じになっていて、あまり自動車のような乗り物は普及していない。というか、軍関係とか消防、緊急医療関係しかそういった車両を利用していないんじゃないだろうか。

「わ、我が君、くすぐったいです」

「ん？　ああごめんごめん」

トラム内が混んでいてクギと結構密着気味になったんだが、どうやら俺の鼻息がクギの頭の上にある獣耳にふんすふんすとかかってしまっていたらしい。なんか妙に耳をパタパタさせているなと思ったらそういうことか。いや、別に鼻息荒くしていたわけじゃなく、普通に呼吸していただけなんだけどな。本当に他意はない。不幸な事故だ。

というか、どちらかと言うと鼻息が荒いのはクギの方である。不可抗力だが、どうしてもこう、密着しているとクギの顔が俺の胸元に埋もれるというか、胸板に頬がピッタリとくっついてしまうというか……皆で朝の運動をした後にシャワーはちゃんと浴びたが、汗臭かったりしないか気になる。

というかそんなにスンスン嗅《か》がれると落ち着かない。お願いだから顔を赤くしてモジモジしないで欲しい。押し付けられている柔らかいものの刺激も相まって反応してしまいそうになる。

そんな一幕もありながらなんとかトラムでの移動を終え、双方落ち着いてから再びアーマーショップへと一緒に歩き始める。

「生活には慣れたか？」

「はい、皆様よくして下さるので。なんとかご恩を返したいと思います」

「そうか。まぁもう数日で船も仕上がってくるだろうから、そうすればまたちょっと違う生活になる。寧《むし》ろそっちのが本番というか日常だから、そっちにも慣れてもらわないとな」

「はい。一日も早く皆様に信用されるよう力を尽くしていきたいと思います」

とても真面目な表情で頷くクギに内心で苦笑する。やっぱり俺達がまだクギを完全に信用していないというのはクギ自身にも伝わっているらしい。まぁそれもそうか。

「なんだかすまんな」

「いいえ、他国の方に此の身どもの使命が理解されないというのはよくあることですから。それに、此の身どもは法力を操りますので、尚更《なおさら》です」

「俺にしてみれば法力もレーザーガンもパワーアーマーごと人をぶった斬る剣モノソードも危険度なんてそう変わらんように思えるんだがね……」

俺がそう言うと、クギは微笑《ほほえ》みを浮かべて俺の顔を見上げてきた。

「ありがとうございます、我が君。此の身は大丈夫です。皆様に信用して頂けるよう身を尽くしていくだけですから」

「そっか。でも辛《つら》い時は甘えて良いからな？　ハグでもなでなででもなんでもして慰めてやる」

「……それでは、鎧の受け取りが終わったら――」

クギが言いかけていた言葉を止めて狐《きつね》耳をピンと立てる。

「どうし……ん？」

微《かす》かにだが、俺も違和感を覚えた。なんだこれ？　心がざわつくな……恐怖？　混乱？　よくわからないが、ネガティブな感情の波が押し寄せてきているような……これはなんだ？

「クギ、これは……？」

「此の身にもわかりません。伝心の術にしてはあまりにも拙く、原始的な感情の波です。不穏ですね」

そう言って彼女は足を止め、不快げに眉根《まゆね》を寄せながらスンスンと鼻を鳴らす。

「我が君、どこからか血の臭いがします」

「そりゃ穏やかじゃないな。アーマーショップに急ごう」

アーマーショップはもうすぐそこなんだが……またぞろトラブルか？　勘弁してくれ。

☆★☆

「いらっしゃいませ……どうされたのですかな？」

いつでも剣とレーザーガンを抜けるような態勢で素早くアーマーショップの店内に入ったのだが、当然ながら対応してくれた初老の店主に見咎《とが》められてしまった。

「我が君、この建物ではないようです」

すん、と鼻を鳴らしたクギが小声で教えてくれる。

「そうか。いや、なんでも――ないわけじゃないな。この子が外で血の臭いを感じたって言うんでな。もしやこの店でトラブルかと思って警戒していたんだよ」

「血の臭い、ですか？　それは物騒ですな。この辺りは治安が良いはずなのですが……念の為《ため》セキュリティに通報すると致しましょう。それが血でなかったとしても、異臭を感じたというだけでも一大事ですからな」

「それはそうだな」

言うまでもないことだが、コロニー内というのは完全な密閉環境だ。毒ガスや疫病はコロニーそのものを滅ぼす原因となりかねないし、疫病や異臭の元となる遺体の放置などは論外である。無論、空調などもしっかりしているし、異常などが発見された場合にはセキュリティや除染チームがすっ飛んでくる。クギが血の臭いを嗅ぎつけている時点でコロニー衛生事情的には大問題なのだ。

「ええ、ええ。お客様が周囲で血の臭いらしきものを感じたということで。はい、それでは」

店主がカウンターのホロディスプレイを操作してすぐにセキュリティに連絡を取り、セキュリティチームと除染チームがこの辺りに派遣されることになったようだ。通報だけで早急に人員を派遣してくるとは思えないので、恐らく空気のモニタリングデータにも何か異常があったのだろう。もしかしたら、監視カメラに何か映ったとかかもしれないが。

「私どもにできることはありませんからな。商いの話を進めるとしましょう」

「商売人だねぇ」

「お褒めに預かり光栄です。用意はしてありますので、どうぞこちらに」

そう言って店主が店の奥へと俺達を誘う。念の為クギに視線を向けてみると、彼女は眉根を寄せて盛んに耳をピコピコと動かしていた。

「大丈夫か？」

「なんとも言えません。近づいてきてはいませんが、遠ざかってもいません」

「こういう時ってほぼ巻き込まれるんだよなぁ……」

俺も未《いま》だになんだか肌がざらつくような不快感を覚え続けている。要らぬ不安を呼び起こされるような感覚が大変に気持ち悪い。店主には悪いが、嫌な予感しかしないな。

「警戒だけはしておいてくれ。特に接近してきた時にはすぐに教えてくれよ」

「はい、警戒は此の身にお任せ下さい」

クギが至極真面目な表情で頷く。はてさて、巻き込まれるようなことが無ければ良いんだが……まぁ無理か。無理だな。今までの傾向から考えると無理だ。避《よ》けようとしてもどうせ向こうから寄ってくるに違いない。

「こちらです。発注通りにできていると思いますが、どうでしょうかな？」

「ああ、良いね。発注通りだ」

案内された部屋——この前セレナ大佐とやりあったモーションデータを録った部屋だ——に用意されていたのは、発注通りの軽量級パワーアーマーだった。黒を基調とした全体的にニンジャっぽいデザインの一品である。こうしてＲＩＫＩＳＨＩと比べてみると、二回りほど小さく感じるな。それだけスマートだということなんだろうけど。

バイザー部分は今はパワーが落ちているので暗いままだが、起動すると赤く光るようにしておいた。無論、ステルスもできるようになっているわけだから、消すこともできるのだが。装甲の色に関してもカメレオン機能を持っているから、実際にはどんな色にもなれるな。

装甲そのものはＲＩＫＩＳＨＩに比べれば薄いが、それでも市販品のコンバットアーマーよりは防御力が高いし、環境適応能力も持っている。固定武装などは付けていないから火力は低いが、使おうと思えばパワーアーマー用の重火器も使えるし、普通の歩兵用武器も使える。何より、剣を使うことができるので火力はともかく攻撃力という面ではＲＩＫＩＳＨＩに劣ることはないだろう。パワーアシスト機能も勿論《もちろん》あるわけだから、格闘戦能力も上がるしな。

「クギ、剣とレーザーガンを頼む」

「はい、お預かりします」

ガンベルトと剣帯を兼ねたベルトごと腰から外してクギに預け、ジャケットを着たまま自立している新型パワーアーマーの背後に回り込み、中へと入り込む。俺の生体情報を認識して自動でアーマーの背部が開くようになっているのだ。

中に入り込むと、すぐにパワーアーマーが起動して外部の映像が投影された。うん、違和感もない。それにＲＩＫＩＳＨＩよりも明らかに動きが軽く感じる。まるで生身のような軽やかさだ。

「着心地が良いな、これは」

「お客様の身体《からだ》にしっかりと合わせて作られたアーマーですからな。お客様のモーションデータを利用したフィードバックシステムも働いていますから、生身よりも快適なくらいのはずです」

「なるほどなぁ……これは大したもんだ。クギ、剣と銃をくれ」

「はい、我が君」

クギから受け取った剣を腰や肩、背中のハードポイントに装着し、何度か抜刀と納刀を繰り返して感触を確かめる。ふむ、良いな。抜刀しようとするとハードポイントが自動で動いて剣を抜きやすいようにサポートしてくれる。レーザーガンは左右の腰というか太腿《ふともも》辺りに装着できるようになっているな。

「光学迷彩を使うことも考えれば、両肩のハードポイントを使うのが良さそうだな」

「そうですな。追加で重火器などを装着するのでなければ両肩のハードポイントを利用されるのがよろしいかと思います」

両肩というか両肩甲骨辺りに設置されているハードポイントだな。剣を抜こうとするとアーム型のハードポイントが動いて抜刀しやすい位置に柄を持ってきてくれる。これは便利だ。

などと考えていると、クギの耳がピクンと動いた。

「我が君、例の気配が……」

「ああ、そう……まぁタダで済むとは思ってなかったけど。ある意味では都合が良いかね？」

基本的な動作確認が終わった直後とは、これまたお誂《あつら》え向《む》きじゃないか。そんな俺達の会話を聞いて、店主が首を傾《かし》げる。

「一体何の話でしょうか？　なんだか物騒な予感がするのですが」

「先に言っておくけど、俺は悪くないからな」

俺がそう言うと同時に部屋の一角が突然砕け散り、構造材を撒《ま》き散《ち》らしながら何かが突入してきた。コンクリートのような構造材が派手に砕けたせいか、粉塵《ふんじん》と化した構造材がまるで煙幕か何かのようにもうもうと舞っていて、何が突入してきたのかが判然としない。

「な、なんと……⁉」

「ダイナミック入店とはこのことだなぁ……ここの壁、そんな脆《もろ》いんか？」

「そんなまさか⁉　この構造体の壁面はそんな安普請ではありませんとも！」

大小一対の剣を抜きながら呟《つぶや》いた俺の言葉を店主が大声で否定した次の瞬間、もうもうと煙っていた粉塵が晴れかけ――黒い何かが俺に向かって飛びかかってきた。

「おっとぉ⁉」

黒い刃の群れ。俺の第一印象はそれだった。咄嗟《とっさ》に呼吸を止め、鈍化した時間の流れの中で真横にステップしながら避けきれない刃だけを両手の剣で打ち落とす――が、なんだこれ⁉　斬れはしたがえらい硬いな⁉

「我が君っ！」

「大丈夫だ！　下がってろ！」

刃――いや、足を切られて怯《ひる》んだのか、その主が斬られた箇所からどす黒い液体を流しながらたたらを踏む。果たしてその正体は真っ黒い金属光沢を放つ蜘蛛《くも》のような何かであった。

「戦闘ボット……？　いや、なんだこれ⁉」

一見すると近接戦闘型の蜘蛛型戦闘ボットか何かに見えるのだが、目の前の『これ』からは精神の波動を感じる。先程からざらつく不快感を与えてきていた精神波の発生源はこいつだ。間違いない。今も目の前の物体から不快で原始的な感情の波がバンバン放射されているのがわかる。

「クソッ！」

刃の付いた足を斬り飛ばされた「それ」は恐怖の感情を迸《ほとばし》らせながらも俺に向かってきた。怯《おび》えているだけとわかっている相手を斬るのは心苦しいが、コミュニケーションを取る方法がわからない以上は身を護《まも》るしかない。

六本から四本に減った黒い刃――鉄蜘蛛の足先による斬撃を両手の剣でいなしつつ、一本ずつ斬り飛ばしていく。手応えは硬いというか重いが、モノソードの切っ先は欠けたり砕けたりすることなく、順調にその役目を果たした。

『GI……GI……』

斬られた足先からどろどろと真っ黒い粘液が流れ出る。二本だけ残った後ろ足だけでは満足に動くことができないようで、鉄蜘蛛は自らの黒い粘液に塗れて藻掻《もが》くことしかできなくなっていた。残った二本の後ろ足でカリカリと地面を引っ掻く姿はいっそ憐《あわ》れだ。

「ほい、ほい、ほいっと」

俺は用心深く、しかし素早く黒い鉄蜘蛛に近づいて剣を振るい、残った二本の後ろ足と半ばから断ち切れている六本の足をその根元付近から切り離した。

『GIEEEEEE‼』

「あー、うるせぇ」

どこから声を出してるのか知らんが、黒い鉄蜘蛛が叫び声を上げる。

え？　無慈悲過ぎんかって？　いや、慈悲をかけて油断したところでこいつがクギに襲いかかって大怪我《おおけが》とか、それ以上の最悪の事態になったら目も当てられないし。可哀想《かわいそう》だがそれはそれ、これはこれ。油断はしないよ。

「無力化した……のですかな？」

「足を全部切り離せば動けはしないだろうな。どっかから致死性のレーザーを放ってきたりする可能性はゼロじゃないが」

「早くとどめを刺して頂けると有り難いのですが」

店主の言うことももご尤《もっと》もなのだが、あの細っこい足ですらあの手応えだったのだ。黒々と光るこの丸っこい胴体部に剣の刃が立つだろうか？　まぁ、やってみるか。

と、剣を振り上げた瞬間だった。

『ＫＩ――――‼』

それは断末魔だったのだろうか。大音量……いや、強い思念がパワーアーマーの装甲などものともせずに俺を貫き、恐らくはコロニー中を駆け巡った。クギだけでなく店主までもが顔を顰《しか》めているところを見ると、どうやらサイオニック能力を持たない一般人にもわかるような出力のテレパシーだったようだ。これはあれだな、歌う水晶を破壊した時とか、マザー・クリスタルを破壊した時と同じような感じだな。

ん？　となると結晶生命体もサイオニック能力を有する存在だったってことか？　まぁ納得はできるか。あんな不思議生命体が尋常な生物なわけがないよな。

「い、今のは……？」

「断末魔ってところだろうな。これで終わり……ん？」

ゴォォォォ、と何か音がする。なんだ？　近づいてきているような。

「なんだかよくわからんが終わりじゃないっぽいな……今のうちに二人は安全なところへ」

「我が君、此《こ》の身もお供します」

クギが決然とした表情でそう言ってきたが、俺は首を横に振った。

「駄目だ。もし同じのが二匹以上出てきたら守りきれないかもしれない。店主、すまんが頼めるか？」

「しょ、承知致しました。工房の壁は耐爆仕様ですから、あそこなら安全でしょう」

「頼んだぞ。可能ならメイ――うちのメイドロイドに連絡を入れて状況を説明してくれ」

パワーアーマー完成の報告はメイから受け取った。確か連絡先としてメイを指定していた筈《はず》だから、店主なら問題なく連絡が取れるはずだ。

と、考えているうちにも音が近づいてきている。何の音かはわからないが、ざらついた感覚が押し寄せてきているのはわかる。あの断末魔は仲間を呼ぶ声だったか。

「行けっ！」

俺がそう叫ぶと同時に壁に空いた大穴から黒い球体が三つも飛び込んできた。

オイオイオイオイ、流石《さすが》に三体相手は死ぬわ俺。

☆★☆

飛び込んできた黒い球体の正体は当然というかなんというか、黒い鉄蜘蛛だった。黒光りする球体がガシャガシャと展開して蜘蛛のような形になるのはなかなかに見応えがあったが、それが一斉に襲いかかってくるとなると呑気《のんき》にもしていられない。

「っとぉ！」

一体目の鉄蜘蛛の飛びかかりを避け、オーダーメイド軽量パワーアーマー――長いな。もうニンジャアーマーで良いや――の機動性を活《い》かして二体目の頭の上を飛び越し、左腕のフックショットを構造体の壁面に撃ち込んで落下地点に先回りしていた三体目の頭上も飛び越える。

『『『GIEEEEEEEEE‼』』』

どうしてこう、俺はパワーアーマーを装着すると化け物に襲われがちなのだろうか？　ゲームマスター的な存在が「パワーアーマー着たね？　ヨシ！」とか言ってトラブルを全力投球してきていたりするんだろうか？　そんなものがいるならピッチャー返しでぶっ飛ばしてやりたい。

「セキュリティチームはまだ来ないか……」

尤も、来たところで役に立つかどうかはかなり疑問だが。何故かと言うと、どうもこいつらにはレーザーガンが効かないようなんだよな。流石の俺でもこいつら三体相手に接近戦をするのは危険過ぎるので、機動力を活かしてレーザーガンで引き撃ち戦法を試してみたんだが……いくらレーザーガンを撃っても全く効いた様子がない。

この世界のレーザーガンというのは高出力のレーザーを照射し、超高熱で対象の表面要素を一瞬で蒸発、爆破して破壊する武器だ。貫通力のある謎の怪光線を撃つようなものではない。で、問題のこいつらなのだが、レーザーガンで撃っても爆発が起こらない。つまり、超高熱による表面要素の蒸発が起こっていないというわけだ。致死出力のレーザー照射が効かないとなると、プラズマ兵器も効くかどうか怪しい。こいつらの装甲は一体どんな材質で出来ているんだか。

「さぁて、どうしたもんかねこれは……」

フックショットを解除して着地し、こちらへと振り返った三体の鉄蜘蛛と対峙《たいじ》する。辺りに人の姿が無いのは恐らくコロニーが警報を出して避難誘導と外出禁止を進めたからだろうが、このまま延々と逃げ続けると避難が終わっていない区画に移動してしまいかねないな。

時間稼ぎをしていればそのうちコロニーのセキュリティチームやメイが駆けつけてくるだろうし、到着したセキュリティチームでは歯が立たないとなれば帝国航宙軍の海兵が出動してくると思うが……無理して戦うよりもそっちの方が確実か。

「おらっ、こっちだ蜘蛛野郎！」

左手に構えたレーザーガンを連射して鉄蜘蛛の注意を引く。そこらの壁を破って中にいる人を襲ったら大変だからな。あとはのらりくらりと逃げ続け――。

「手こずっているようですね、落ち人殿」

「はっ？」

ふわり、と刀を手にした人影が俺と鉄蜘蛛との間に舞い降りてきた。焦げ茶色の髪の毛と、頭の上の丸い獣耳、それに木の葉模様の小振袖《こふりそで》。誰あろう、その人影とはヴェルザルス神聖帝国の神殿で顔を合わせた聖堂護衛官のコノハであった。

「おい、危ないぞ⁉」

「そうですか？　見たことのない手合いではありますが……ふむ、面妖《めんよう》な。機械かと思いましたが、生き物ですか」

そう呟きながらコノハはまるで警戒した様子も見せずに鉄蜘蛛達へと近づいていく。当然、鉄蜘蛛達は自分達へと歩み寄ってくるコノハへと標的を変え、一斉に飛びかかろうとその身を沈めた。

「クソッ！」

左手のレーザーガンをパワーアーマーのマウントに預け、左手を自由にしながらコノハへと駆け寄る。まずい、息を止めて時間の流れを鈍化させてもこの距離は間に合わないかもしれん。

駆け寄る俺に向かい、コノハは後ろ手にヒラヒラと左手を振って見せた。その意味を理解するよりも早く、鉄蜘蛛達がコノハへと飛びかかる。

「……ええ？」

コノハが俺に向かってヒラヒラと振っていた手をそのまま前に向けた次の瞬間、鉄蜘蛛達の動きがピタリと止まった。空中で。何を言っているかわからないと思うが、俺も自分が何を見ているのかわからん。空中で静止した鉄蜘蛛達が慌ててでもいるかのように凶悪な刃のついた足を空中でわしゃわしゃと動かしているが、当然ながら空中でそんなことをしても文字通り空を切るばかりである。

「この程度は脅威にもなりませんよ」

「お、おう……だが動きを封じただけじゃどうにもならないんじゃ」

「殺生はあまり好かないのですが……とはいえ大人しくなりそうもありませんし、意思疎通もできませんか。仕方ありませんね」

コノハが嘆息しながら手のひらを上に向け、グッと拳《こぶし》を握り込む。すると、三体の鉄蜘蛛達は空中で互いに激しくぶつかり合い、ギリギリと音を立てた末にグシャリと音を立てて潰《つぶ》れてしまった。

真っ黒い粘液が激しく噴き出し、コロニーの床や周りの構造体を黒く染め上げていく。

「脆いですね」

「こっわ……今のもサイオニック能力、第一法力ってやつか？」

「ああ、クギ殿から教えを受けたのですね？　そうです。今のが第一法力、念力の術です。私が最も得意とする術ですよ」

「俺も修練すればそれくらいできるようになるのかね？」

「落ち人は強大な法力を操る素質があるという話なので、修練次第では私よりも――」

話の途中でコノハが言葉を止め、丸い獣耳をピクピクと動かす。それと同時に、俺のニンジャアーマーもこちらへと近づいてくる重低音を拾っていた。

「来ますね」

「そのようだな」

「見取り稽古《けいこ》には良い機会ですね。神聖帝国の誇る護衛官の力、とくとご照覧あれ」

漆黒の球体が五つ、俺達がいる通りへと姿を現す。あのゴォォって音は球体モードの鉄蜘蛛《てつぐも》が転がってくる音だったのか。

「二匹までなら引き受けるぞ」

「必要ありません。いざ！」

ドンッ！　と轟音《ごうおん》が鳴り響き、砲弾のような速度でコノハが飛び出していった。何だあれ。ニンジャアーマーより明らかに速いんだが？　生身だよな？

「はぁっ！」

コノハが空中で身を翻し、球形から蜘蛛型へと変形しつつある鉄蜘蛛どもの上で手に持った日本刀のような剣を振るう。すると、明らかに刃が届いていないのにもかかわらず五体いるうちの中央の三体が細切れになり、断末魔を上げる間もなく黒い液体を噴き出して崩れ落ちた。

「ええ……？」

俺、困惑。

モノソードでも斬るのに苦労する鉄蜘蛛を豆腐か何かでも切るようにバラバラにするって、それどういうことだよ。もうあいつ一人で良いんじゃないかな？

などと考えている間にコノハが軽やかに地面に降り立つ。あれだけの速度から発生する慣性とかどこにないなった？　俺が言うのもなんだけど、もう少しこう、運動量保存則とかそういう根源的な常識に従ってくれんか？

「それっ！」

コノハが左手を振り回す。すると、残り二体のうち一体が巨大な見えない手に掴《つか》まれて振り回されでもするかのように突然宙に浮いて動き始め、もう一体に執拗《しつよう》に何度も何度も打ち付けられ始めた。ガギン！　ゴガギン！　と、とんでもない音が何度も鳴り響き、終《しま》いには双方が砕けて黒い染みへと成り果ててしまう。

「これで終わりですね。ね？　簡単でしょう？」

「ちょっと何を言っているかよくわからない」

こちらへと戻ってきながらドヤ顔で刀を鞘《さや》に収めるコノハに俺は手を振って答える。

見取り稽古とか言ってたけど、さてはオメーあれだな？　教えるのクッソ下手な手合いだな？　何の参考にもならねぇよ！　ダー◯ベイダーも真っ青のトンデモ女じゃねぇか！　メイなら物理的に畳めるとか思ってたけど、流石にこいつはどうにもならんわ。戦闘艦でも持ち出さないと対処できないんじゃないか？

「ヴェルザルス神聖帝国にはあんたみたいなのが山程いるのか？」

「それは私にはわかりかねますが、これでも私は他国に設置された我らの聖堂を守る護衛官です。上から数えたほうが早い程度の実力はあると自負しております」

「ああ、そう……」

上から数えたほうがということは、少なくとも数十人とか数百人単位でこいつより上の実力者がいるってことか。こんなワンマンアーミーみたいなのを少なくとも百人単位で抱えてるとか、ヴェルザルス神聖帝国って俺が思っていた以上にヤバい国なのでは？

というか、俺みたいな落ち人ってのはこんなのが何百人もいる国に大損害を与えるほどのポテンシャルとやらを秘めてるのかよ……もう完全にスーパーサ◯ヤ人とかそういう枠じゃん。俺はそこまで人間辞めたくないんだが。

と、考えながら剣を鞘に納めていると、遠くからサイレンのような音が近づいてくるのをニンジャアーマーのセンサーが拾った。どうやらコロニーのセキュリティチームがようやっと駆けつけてきたらしい。

「おや、どうやら騎兵隊の遅すぎる到着のようだぞ……そういやあんたはどうしてこんなところをうろついていたんだ？」

「うろつくとは失礼な。クギ殿から連絡があったので助けに来たのですよ。愛されていますね？」

そう言いながらコノハは自分のこめかみの辺りを指先でトントンと叩《たた》いてみせた。なるほど、クギがテレパシーでコノハを増援に寄越してくれたのか。しかしこの辺りは聖堂からかなり離れて……いや、あの砲弾みたいな勢いで飛んでこられるなら距離なんてあんまり関係ないか。

「あとでクギにはお礼を言わないとな。それからあんたにも。ありがとう」

「私は別に良いですが、クギ殿には是非そうしてあげてください。それで、クギ殿は馴染《なじ》めているのですか？　巫女《みこ》殿というのは基本的に生粋の箱入り娘さんばかりですから、心配なのですが」

「あんたがそれを言うのか……？」

「どういう意味です？」

コノハがムッとした表情でパワーアーマーのヘルメット越しに俺の顔を見上げてくる。どういうも何も、箱入り娘っぽさに関してはコノハもそう負けていないように思うんだが。

「まぁ良いや。今のところ馴染めていると思うよ。まだ完全に信用を勝ち取れてるわけじゃないけど、そういうのは時間がかかるものだしな」

「それはそうで……む？」

コノハが丸い獣耳をピクピクと動かす。なんだろう？　と思っていると曲がり角から何かが猛スピードで現れた。黒い何かだ。いや、何かじゃない。あれは――。

「ご主人様っ！」

「ああ、メイ。駆けつけてくれてありがとうな」

１００ｍほどの距離をほんの数秒で駆け抜けてきたメイが俺の前で急停止する。パワーアーマーを着ている俺は平気だが、生身のコノハはメイが巻き起こした風と埃《ほこり》のせいでチベットスナギツネみたいな顔になってるな。

それにしても、こういう時にサイオニック能力を使って防いだりはしないんだな。コノハ達ヴェルザルス神聖帝国の人間がサイオニック能力を使うのには何かしらのポリシーのようなものがあるのかもしれない。

「ご無事ですか？」

「ああうん、無事だよ。見ての通りだ」

ニンジャアーマーの外装に傷がないってことはそういうことだ。ニンジャアーマーは俺のバイタルも拾っているので、メイならアクセスして情報を見ることも可能だろう。

「店主から連絡を受けて駆けつけてくれたんだな」

「はい、ご主人様。間に合わなかったようですが」

そう言ってメイがコノハに視線を向ける。コノハはその視線を受けて得意げな笑みを浮かべてみせた。それは挑発では？　メイがそんな安い挑発に乗るとは思えないが、やめてくれ。もし二人が喧嘩《けんか》なんぞしようもんならコロニーの区画一つが瓦礫《がれき》の山《やま》になりかねん。

☆★☆

「何者だ？」

俺とメイ、コノハ、それとコノハからテレパシーで連絡を受けてアーマーショップから駆けつけてきたクギの四名は、コロニーのセキュリティチーム……にしてはやたらと重武装な連中にその場で事情聴取を受けていた。

まぁそうね。通報を受けて駆けつけたら街中で戦闘用のパワーアーマーを着込んだ男だの、メイドロイドだの、見慣れない剣を腰に差した明らかにグラッカン帝国の貴族ではない怪しい女だのがいたら職務質問の一つや二つするよね。俺が逆の立場でもそうすると思う。

「俺は傭兵《ようへい》のキャプテン・ヒロだ。ＩＤを提示するよ。あと、こっちの子はクギ・セイジョウ。うちのクルーだ。で、こっちは俺が所有しているメイドロイドのメイ」

俺の紹介でクギとメイがそれぞれ会釈をしたり頭を下げたりする。

「ああ、この前の御前試合で見たな……で、そっちは？」

「私はコノハ・ハガクレ。ヴェルザルス神聖帝国の聖堂護衛官です」

そう言ってコノハは何処《どこ》かから取り出した小型情報端末を提示する。流石に遠隔地であるグラッカン帝国に派遣されるだけあって、小型情報端末くらいは普通に使いこなしてるんだな。クギはその辺りサッパリなんだよな。そのうち自然と覚えるだろうけど。

「ヴェルザルス神聖帝国の……？　申し訳ありませんが、こちらでお話を伺っても？」

「いいでしょう」

隊長格と思われる少し意匠の違うパワーアーマーを装着している兵士がコノハを彼らの乗ってきた装甲車へと案内していく。他国の武官と思しき人物となると、一応は一般人扱いとなる俺に事情聴取の内容を聞かれてはまずいと判断したのだろう。

「俺が引き継ぐ。すまないがこの場で連中と戦っていた……戦っていたんだよな？　それじゃあその経緯を話してくれ」

俺の聴取に関しては他の隊員――こいつも軍用の重装パワーアーマー装備だ――が引き継ぐようなので、俺は一つ頷《うなず》いてから素直に経緯を話すことにした。

「すぐそこ……つってても連中と追いかけっこをしているうちにちょっと離れちまったが、そこのパワーアーマーショップでアーマーを試着している時にこいつらに襲われてな。その場で一体倒したら更に三体現れたんで、俺が囮《おとり》を引き受けてここまで防戦しつつ引っ張ってきたわけだ」

「ああ、それで?」

「流石に三対一は危ういと思ったんでな。時間稼ぎに徹していたら今連れて行かれたコノハ殿が通りがかって、後はもうメッタメタよ。信じられないと思うが、ここで滅茶苦茶になってる黒い染みは全部彼女が一人でやったことだからな」

「……冗談だろう?」

そこら中に散らばっている黒い鉄蜘蛛の残骸《ざんがい》を一瞥《いちべつ》したパワーアーマー兵がこちらをまるで信じていないという声音で聞き返してくる。

「嘘《うそ》を言って俺に何の得があるよ? 傭兵が自分の戦果をプラス方向に吹かすことはあっても、普通はマイナス方向に報告したりはせんだろ?」

「それはそうか。うーむ……こいつらをこんな風に破壊したのか? あの子が?」

「怒らせるなよ? パワーアーマーごと紙くずみたいにクシャって潰《つぶ》されるぞ」

「ヴェルザルス神聖帝国っておっかねぇとこなんだなぁ……」

その意見には激しく同意せざるを得ない。敵対的に接することを控えた俺は正に慧眼《けいがん》だったな。

「アーマーショップのアドレスを教えておく。裏を取るならそのショップの店主にも事情聴取してくれ。ああ、アーマーショップに俺が仕留めた例の鉄蜘蛛がいるから、回収するならしといてくれ。足を全部切り落として無力化してある」

「了解。それで、君達には検疫を受けてもらう必要があるんだが」

ふん? 検疫、ということはこいつらもアレが戦闘ボットの類ではなく、生物だってことに気がついているのか？　まぁ、なんだかんだで帝国航宙軍は優秀だからな。

え？　こいつらはコロニーのセキュリティチームなんじゃないのかって？　まさか。いくらウィンダステルティウスコロニーが帝国でも有数の大規模コロニーだとしても、こんな軍用の重装パワーアーマーがコロニーセキュリティに配備されているわけがない。こいつらは明らかに帝国航宙軍の海兵だろう。

「俺はアーマーを着ていたから大丈夫だと思うが……仕方ないな。二人とも、良いな？」

「はい、我が君《マイロード》」

「はい、ご主人様《マイマスター》」

二人が揃《そろ》って返事をするのを見たパワーアーマー兵が俺をじっと見てくる。

「なんだよ？」

「良い趣味してるな、あんた」

「ほっとけ」

一応弁明しておくと、俺が我が君だのご主人様だのと呼べって言ったわけじゃないからな。

☆★☆

「多少面倒なことになりそうですが、お気になさらず」

そう言ってコノハは俺達とは別の場所に連れて行かれた。

グラッカン帝国もヴェルザルス神聖帝国と事を構えるつもりはないだろうし、そもそもコノハ相手に何かしようとしたところで彼女が本気で抵抗したらパワーアーマーを装着した帝国海兵でも抑えきれまい。心配は要らないだろう。

というか、白兵戦力で彼女をどうにかしようとするなら、犠牲を覚悟で区画ごと宇宙空間に放逐するとかの作戦を取らないと無理ではないだろうか？　流石に生身で宇宙空間に放り出されたら生き残ることはできまい。

できないよな？　なんかケロッとした顔で生身のまま宇宙遊泳しそうで怖いんだが。

「今回の件について後日再度聴取をするかもしれない。調査結果が出るまでコロニーからの出港許可は出ないので、そのつもりで」

「了解」

現場での事情聴取を終えた俺達はそのまま装甲車で帝国航宙軍の駐屯地まで護送され、ニンジャアーマーは勿論《もちろん》のこと服から何から全部剥《は》ぎ取られて滅菌処置を受けた。滅菌だけでなく、ナノマシン除染なども行われる徹底ぶりである。まぁ、あの鉄蜘蛛《てつぐも》は未知の異星生命体である可能性がかなり高いからな。この処置も当然といえば当然なのだろう。

で、今ようやく釈放されたというわけである。服も全て完全に滅菌とナノマシン除染処理をした上で返却された。ニンジャアーマーはこの駐屯地から直接クリシュナに送ってくれるという話なので、お言葉に甘えた。流石にあれを着たまま歩き回るのは周りの人に迷惑だからな。

「すまん、待たせたな」

「此《こ》の身達も今出てきたところです、我が君」

駐屯地から出たところでクギとメイが出迎えてくれる。フリフリとクギの尻尾《しっぽ》が振られているのがとても可愛《かわい》い。その様子をメイがじっと見ているのが気になるが。

「ご主人様」

「なんだ？」

「オプション装備で猫耳と尻尾をつけることも可能です」

「どうして今その提案したの？」

「お気に召すかと」

そう言ってメイはジッとクギのもふもふ三本尻尾に視線を向けた。なるほど、俺がクギの尻尾に視線を向けていたからということだな？　確かにメイに猫耳と尻尾は似合いそうだ。物静かな黒猫って感じでイメージにも合う。だが、無表情系クーデレ猫耳メイドロボって流石に属性を盛り過ぎではないだろうか？　いや、クギだって従順系白銀三尾狐耳箱入り巫女《みこ》とかいう属性過多にも程があるアレなんだけども。

「前向きに検討する。簡単につけ外しできるならだけど」

「確認しておきます、にゃーん」

「ぶふっ！」

メイの不意打ちで思わず噴き出してしまった。にゃーんはずるい。

「え、ええと……こゃーん？」

「ぶはっ！」

もう耐えきれなかった。わかった、俺の負けだからやめよう。な？　駐屯所のゲートを守っている海兵さんが射殺せそうな視線を俺に向けてきてるから。そりゃ真面目に歩哨《ほしょう》をしている目の前でこんなやり取りを見せつけられたらキレるだろう。俺でもキレる。

「とりあえず帰ろうな。ミミ達も心配してるだろうし」

俺の提案に二人とも頷いてくれたので、三人揃ってテクテクと歩いてホテルまで帰ることにする。少し距離があるが、ちょうど良い感じにホテル近くまで行けるトラムがないので仕方がない。

「それにしてもコノハの実力にはびっくりしたな。未だにあの光景が信じられん」

「そんなにですか？」

「モノソードでも斬るのに苦労するあの鉄蜘蛛を一瞬で三体もバラバラに切り刻んだり、手も触れずに三体まとめて捻《ひね》り潰したり、持ち上げてガンガン叩《たた》きつけたりとやりたい放題だったぞ。生身で速度型のパワーアーマーよりも速く動いてたしな」

「それは厄介ですね」

メイが珍しく考え込むような仕草をする。

「ぶっちゃけ正攻法での勝ち筋が全く見えない。ありゃ航宙艦でも持ち出さないとどうにもならんのと違うか？　タイタン級の戦闘ボットが誇る質量と火力ならなんとかなるかもしれんが」

「あの、我が君。コノハ様は聖堂護衛官で、此の身どもの国の武士です。敵対するようなことにはならないかと思いますが」

コノハ対策について歩きながらメイと話していると、クギがおずおずといった様子で口を挟んできた。頭の上の獣耳がぺたりと伏せられているのを見るとなんだか心が痛むな。

「それはそうだけど、あんなものを見せられたらもし敵対した時にどうするかって考えてしまうのは職業病みたいなもんでな……まぁ、不毛ではあるか。それよりも例の鉄蜘蛛に関して話したほうが有意義だな」

「はい、我が君。此の身もそう思います」

ぴこーん、とクギの狐耳が復活する。うん、可愛い。メイもクギの狐耳をじっと見ている。もしかしたら何かパターンの学習でもしているのかもしれない。

「あの鉄蜘蛛な。モノソードの斬撃は通ったが、レーザーガンが全然効いた様子が無かったんだよな。光熱系の武器に対する耐性が極端に高いのかもしれん」

「ご主人様、効かなかったとはどのような感じで？」

「レーザーを当てても蒸散爆発反応が起きなかったんだよ。あの様子じゃプラズマ兵器もろくに効かないかもな」

「なるほど……破壊されていた様子を見るに、光熱系の武器よりも物理的な破壊力を伴う攻撃のほうが有効なのかもしれません。ＥＭＬや火薬式の実弾兵器などですね」

「ＥＭＬは貫通力が高すぎて船の中やコロニーでは使いにくいし、火薬式の武器なんて流通しているのを見たことがないんだが」

火薬式の銃とか、あるなら是非欲しい。主な用途はコレクションになりそうだが。いや、だってレーザーガンの方が圧倒的に便利なんだもの。エネルギーパック一つで数百発撃てるし、重量も圧倒的に軽いし、個人用のシールドが相手でも数を撃ち込めば飽和させられる。音も静かだしな。

火薬式の銃だと重いし、数を撃つためには弾倉を多数持ち歩かなきゃならんし、そもそも持ち歩けるような拳銃《けんじゅう》サイズの銃の威力では何発撃ち込んでも個人用のシールドすら突破できないだろう。

ごく少量で威力を発揮する超高性能炸薬《さくやく》でも仕込んだ弾頭が存在するならワンチャンあるが、それならレーザーガンで良いって話だしな。まぁ、うん。趣味武器だな。

「では、私が頑張ります」

そう言ってメイは何処からか黒光りする杭《くい》のようなものを取り出してみせた。そうね、その超重金属のスパイクをメイがぶん投げればあいつらにも覿面《てきめん》に効くかもしれんね。俺もティーナとウィスカに言ってパワーアーマーで振るえるようなメイスか何かでも作ってもらうべきだろうか？　いや、役に立つ場面が限定的過ぎるな。要らんか。

「その時は頼らせてもらうけど、俺もコノハを目指してサイオニック能力の訓練を頑張るかね」

サイオニック能力の行使にはイメージというものが大切らしいからな。ある意味では良い見取り稽古《けいこ》になったのかもしれん。頑張ってみるとしよう。

エピローグ

「どうしてちょっと外に出ただけでそんなトラブルに巻き込まれるのかしらね……」

「ヒロ様、ですねぇ……」

「俺をトラブルメーカーの権化みたいに言うのやめない？　俺何も悪くなくない？」

今回のトラブルに関しては本当に巻き込まれただけだからね？　いや、今までも大概そうだったけどさ。

「近接型スパイダーボットみたいな生き物かぁ、どっから来たんやろなぁ？」

「しかもレーザー兵器が効きそうにないとか、聞いたことないよね。装甲材として革新的なものになりそうだよ」

俺とクギの話を聞いた整備士姉妹も興味深そうにしている。やはり二人もそんなトンデモ生物に心当たりはないらしい。

「お兄さん、それって本当に生き物だったんですか？」

「俺とクギはそう判断したけど、断言できるほどじゃないな。黒い液体を体液みたいに流してたのと、明らかに精神波というか思念波を放っていたからそう判断しただけで」

「ほーん……二人とも、メイはんからはそういうの感じないんよな？」

「はい。此の身にはメイさんから精神の波動を感じ取ることはできません」

「俺もだ」

「なるほど。そうなると、いよいよもってその鉄蜘蛛とやらが生物である可能性が高くなってきますね」

そう言ってミミも難しげな顔をしている。まさかとは思うけど『で、味は？』みたいなことを考えてないよな？　流石《さすが》にそれはないか。ないよな？

「ま、まぁアレが生物だとすると大発見ってことになりそうだよな。甲殻が装甲材として有用そうな生物とか、軍が放っておかなそう……あ、嫌な予感がしてきたぞ」

「ちょっと、やめなさいよ」

エルマが文句を言った瞬間、俺の小型情報端末が着信音を鳴らした。デデーン！　という感じの今にもタイキックが飛んできそうな着信音である。

俺は無言で小型情報端末を取り出し、着信相手を確認し——思わず天井を仰いだ。その動作で発信元が誰だか予想がついたのか、エルマが右手で顔を覆って溜息《ためいき》を吐《つ》き、ミミが苦笑いを浮かべる。メイはいつもどおりだが、クギだけは事態を呑《の》み込めず首を傾《かし》げていた。

「……はい」

『とても嬉《うれ》しそうな声での応答ありがとうございます。実に心が温まりますね』

端末の向こうから聞こえてきた声は誰あろうセレナ大佐のものである。その声はとても平坦《へいたん》で、小型情報端末の向こうにいる彼女自身も大変に機嫌が悪いということを如実に示していた。

『さて、時節の挨拶《あいさつ》などが必要な間柄でもないでしょう。単刀直入に言います、仕事の話です』

「今船の整備中なんで無理っすねー。いやー残念ダナー」

『無論、船の整備などが終わった後の話です。そのような事情はこちらも弁《わきま》えています。まだ傭兵《ようへい》ギルドには話を持っていってはいませんが、内々に相場の三倍で傭兵ギルドに指名依頼を出すことが決まっています。依頼、受けてくださいね』

「いや、別に指名依頼だからって絶対に受けなきゃいけないわけじゃないし。拒否権あるし」

『依頼、受けてくださいね』

「いやだから、指名依頼だからって別に受けなきゃいけないわけじゃ――」

『いらい、うけて、くださいね？』

「何だよお前『はい』って言うまでループするやつかよ！」

平坦な声でひたすら言われるのは怖いからやめて欲しい。というか、普段にも増して無理押ししてくるな。これは嫌な予感が的中しそうで怖い。何が怖いって、この手の予感がした時に引き寄せられるトラブルは回避できた試しがないんだよな。

「とりあえず、話は聞くから。ホロ通話に切り替えるぞ？」

『そうして下さい』

セレナ大佐からの了承も得られたので、小型情報端末からホテルの部屋に設置されているホロディスプレイに通信を引き継ぎ、音声通話からホロ通話に切り替える。すると、ホロディスプレイに極めて不機嫌そうな表情のセレナ大佐が映し出された。

「これはまた機嫌の悪そうなお顔ねぇ……」

「でも、セレナ大佐ってなんだかどんな表情でも絵になりますよね……」

「気品のある御方《おかた》ですよね」

女性陣がボソボソと小声で話し合っている。セレナ大佐に聞こえてるかどうかわからんが、それくらいにしておきたまえ君達。まぁ陰口って感じの内容じゃないし、聞こえたところで問題はないと思うが。

「それで、依頼の内容は？」

『機密事項です』

「ふざけてんのか通信切るぞ」

『現状ではそうとしか言えないんですよ。正式に傭兵ギルドから依頼が入るのを待って下さい』

「それだったら今連絡してくる意味無いじゃん。何も話せないなら俺も返事できないし」

『それでも個人的な付き合いがあるからと事前に説得をするように命令された私の気持ちがわかりますか？』

セレナ大佐がにっこりと微笑《ほほえ》む。目だけが笑っていなくてとてもこわい。

「そりゃご愁傷さまってところだが、もう大佐だろう？　そんな下っ端仕事みたいなことを未《いま》だに押し付けられるのか？」

『ゴールドスター持ちのプラチナランカーで名誉子爵でもある貴方《あなた》は、多分貴方自身が思っているよりも重みのある立場ですよ。私のように個人的に友誼《ゆうぎ》を結んでいなければ、帝国航宙軍の士官でもおいそれとは話を持っていけないと思われる程度には』

「そうなのか。まぁ、知らない奴《やつ》にいきなり仕事の話を持ってこられるよりは良いかもな」

『では、今回の依頼も受けて頂けるということで』

「いやそれは話が別だが」

『……』

「……」

　互いに無表情で見つめ合う。なんだよいくら俺を睨《にら》んでも条件を聞く前に首を縦には振らんぞ。

「機密だろうがなんだろうが、内容も報酬額もはっきりとわからないのにホイホイと依頼を受けるかどうか決めるわけないだろ。常識的に考えて」

　明日の食事もどうなるかわからない食い詰め傭兵ならいざ知らず、俺達は普通に数ヶ月単位でこのままこのホテルに滞在し続けるだけのエネルを持っているし、船の整備が終われば適当な星系に移動して好きなだけ宙賊を狩って金儲《かねもう》けができる。リスクを見積もることも難しい軍からの謎の依頼を受ける理由なんぞ一つもない。

『それはそうですよね。私でもそう思います』

「じゃあこの話は終わりってことで」

『仕方がありませんね。ところで、先程このコロニーの高級商業区画の辺りで殺人事件が起きたそうです』

　それはもしかしなくてもさっき俺が一戦交えた鉄蜘蛛《てつぐも》の話じゃあるまいか？　ここでその話を持

ち出してくるとか情報はええな。

「へー……それで？」

話の方向を切り替えてきたな。どんな話が飛び出してくるのやら。

『犯人は通りすがりの傭兵やコロニーのセキュリティチームに制圧されたそうですが、それまでに七人もの住人が惨殺されたそうですよ。また話は変わるんですけど、最近このコロニーに最辺境領域《エッジワールド》の探索から帰ってきた調査船が入港して、様々な興味深い品を持ち帰ってきていたそうです。そのうちの一つが高級商業区画に『あった』とある店に買い取られていたそうで。ああ、ちなみに先程惨殺された七人の住人っていうのはその店の従業員と店主、それに偶然居合わせた客ですね』

「うわぁ一気にきな臭くなってきた」

どう考えてもその調査船絡み――エッジワールド絡みの話だ。ここでその話を出すってことは、つまり依頼の内容もエッジワールド絡みの話なんだろう。

最辺境領域というのはただのド田舎と違って、最近グラッカン帝国の版図に組み込まれたばかりの領域――つまり帝国拡大の最前線と呼ばれる領域だ。帝国の法の支配が緩い地域でもあり、宙賊や、時には宇宙怪獣すら跋扈《ばっこ》する危険な領域である。まぁ、それ以外にも未知の敵性国家の干渉や未コンタクトの異星人や異星生命体、勝手に『王国』を築き上げた無法者達など、危険には事欠かない領域だ。

「なるほど、戦力を増強した対宙賊独立艦隊をエッジワールドに投入して一気に支配を確立しようってことか。それによくわからん異星起源と思われる妙なものが見つかったから、掻《か》き集《あつ》められるものはなんでも掻き集めて行こうって腹だな？」

『キャプテン・ヒロは想像力が豊かですね。とりあえず、帝国航宙軍——というか私も貴方の有効な使い方というのをそれなりに把握してきたとだけ言っておきましょうか』

「なるほどね」

これ以上詳しくは話せないということか。だけど、話の流れからすると依頼を受けるとセレナ大佐の指揮下に組み込まれることになるんだろうな。

まぁ、セレナ大佐なら俺の扱いってのもそれなりに慣れているだろうし、ある程度は気心も知れている。そんなに無茶なことは言われな……いや、言われるかもしれんが、理不尽な命令をされたりはしないだろう。多分。

「前向きに考えておく。あとは条件に折り合いが付けば、だな。約束もしたことだし」

『とりあえずはその答えで納得しておきましょう。それでは失礼します』

セレナ大佐との通信が切断された。

「で、受けるの？」

「さぁな。言ったけど条件次第だ。まぁエネルが稼げるならわざわざ断る理由もないだろう」

エルマの質問に肩を竦《すく》めて答える。

同行するだけで毎日相場の三倍の日当が入ってきて、その上働けば働いただけ上乗せも頂けるってんならフリーでチンケな宙賊を追い回すよりはずっと実入りが良いのは間違いない。このコロニーでそれなりに散財したし、ここらでドカンと大きめに稼ぐのも悪くないな。

「エッジワールドに行くとなると、どんな準備をしておくべきなんでしょうか？」

「帝国航宙軍と一緒に行動するなら弾薬や装甲、構造材、それに最低限の食糧なんかの補給に関しては心配は要らないと思うが、その他生活物資や嗜好品《しこう》の類は長期間の活動となると不足するかもな」

「なるほど。それじゃあ依頼の内容次第でメイさんと相談してその辺りの物資を多めに補給しておきますね」

「そうしてくれ」

「私はアントリオンの慣熟訓練をできるだけ進めておいたほうが良さそうね。流石にぶっつけ本番は勘弁願いたいし」

「ええと、此《こ》の身は……どうしたら良いでしょうか？」

ミミとエルマは慣れたもので既に次の依頼に向けて何をするべきかを把握しているわけだが、当然ながらクギには何の経験も無いのでそういった判断ができない。まぁそれはそう。当たり前だな。

「そうだな、クギにはミミのサポートとしてまずはオペレーターとしての勉強をしてもらうか」

ミミにはサブパイロットとしての経験を今後積んでいって貰《もら》う予定だったし。いずれオペレーターからサブパイロットに転身してもらって、空いたオペレーターの枠にクギに入ってもらうと。

まぁ、それもクギの適性を見てからかな……ミミは努力によって短期間でオペレーターとして一人前と言えるだけの能力を得たけど、クギが同じようにオペレーターの道を進めるとは限らないし、逆にミミにサブパイロットとしての才能が全く無い可能性もある。そうなると、クギをサブパイロットにするという方向性も……あぁ、なんだかんで考えることが多いな。

何にせよ、まずは船が仕上がってこないことにはどうしようもないか。そのスケジュールもセレナ大佐というか帝国航宙軍は把握してるっぽいし……俺のプライバシーis何処《どこ》？

心の中でそう嘆きつつ、俺はホテルの天井を仰いで溜息を吐くのであった。

あとがき

『目覚めたら最強装備と宇宙船持ちだったので、一戸建て目指して傭兵《ようへい》として自由に生きたい』の十一巻を手に取っていただきありがとうございます！　新記録です！　やったぜ！　本当にありがとうございます！


今年の夏は暑くて大変でしたね……！　我が家にもついにスポットクーラーが導入されました。文明の利器最高！　北海道に住んでいる人間は気温が25℃を上回ると溶け始めるんですよ。

そしていつもの遊んだゲームの話をしていきますと、やはり今回の目玉は十年越しで続編が出た身体が闘争を求める某ロボゲーでしょうか。燃え残った全てを焼き尽くしましたとも、ええ。

発売後、ＳＮＳで話題になる前に重ショットガンの強さを自ら見出《みいだ》せたことが少しだけ誇らしかったです。他には探検隊を率いて未開の島を探索して島民と交流したり、神殿から宝物を略奪したりするゲームブック風のゲームもやりました。

そしてこのあとがきを書いている今、星々を宇宙船に乗って旅をするゲームを始めようと画策しています。ちょっと諸事情でＰＣを買い替える暇が無かったので、某Ｍ社のＸな箱を購入して。トレーラーを含めて敢《あ》えて事前情報を目にしないのが私の流儀……！　どんな冒険が待っているのか楽しみでなりません。

さて、作者の近況はこの程度にしておいて、軽く今回の内容にも触れていきたいと思います。

今回は新ヒロインの登場です！　ふぉっくすふぉっくす。舞台はＳＦっぽいのにどんどんファンタジー寄りの存在が登場してくるのは私の持ち味的な何かです、きっとそう。多分そう。

尤《もっと》も、サイオニック能力だとかそういう非科学的というか精神文明的な力を扱い、信奉する存在や種族、文明が出てくるのもいかにもＳＦらしいといえばそうなのですけれども。光の剣でビーム兵器めいたものを打ち返したりする騎士とかもそのようなものですし。ふぉーすぷっしゅ！

Ｗｅｂ版とヒロのサイオニック関連の状況なども違うので、展開も相応に変わってきますね。ある意味でゲームの二周目めいた展開とも言えるのかもしれません。今後の展開にもご期待下さい！

今回の巻末設定公開コーナーはＦＴＬ技術についてです。

作中ではいくつかの方式が違うＦＴＬ技術が登場しており、その中でスタンダードな恒星間航行技術として普及しているのが恒星間で繋《つな》がっている亜空間路を利用したハイパーレーン航法です。

これは莫大《ばくだい》な質量とエネルギーを持つ恒星と恒星の間に発生しているある種の力の流れが亜空間路――ハイパーレーンを形成しており、その亜空間路を利用して移動するという形式のＦＴＬ技術

――超光速航行技術です。

作中で言及されている他のＦＴＬ技術としては単に超光速航行と呼ばれ、恒星系内の移動に使われている重力・質量操作技術を利用したものや、新ヒロインが所属しているヴェルザルス神聖帝国で使われているサイオニックジャンプ航法技術、他にはゲートウェイでの移動で利用されているワームホール航法技術などがあります。

この辺りの技術に関してはかなりフワッとさせておきたいというか、科学的なアレとかは……ネ？　完璧《かんぺき》に説明ができるなら僕は人類初のＦＴＬ技術開発者として世に名を轟《とどろ》かせているので。

大雑把に言うとハイパーレーン航法は恒星系間に存在している高速道路にタダ乗りする技術、単に超光速航行と呼ばれている航法は船の質量をいじって超出力のスラスターで無理矢理光速を突破する技術、サイオニックジャンプはハイパースペースとはまた別の亜空間を経由してテレポートする技術、ワームホールは空間を歪曲《わいきょく》させて二点を無理矢理くっつけて穴を空ける技術と思って頂ければ。

他にも作中には登場していない単純な二点間のテレポーテーションであるジャンプ航法なども存在しています。他にもあるかもしれません。僕が思い付けば！

では、今回はこの辺りで失礼させていただきます。

担当のＫさん、イラストを担当してくださった鍋島《なべしま》テツヒロさん、本巻の発行に関わってくださった皆様、そして何より本巻を手に取ってくださった読者の皆様に厚く御礼申し上げます。

次は十二巻！　出てくれ！

リュート

お便りはこちらまで

〒102－8177
カドカワBOOKS編集部　気付
リュート（様）宛
鍋島テツヒロ（様）宛

カドカワBOOKS

目《め》覚《ざ》めたら最強装備《さいきょうそうび》と宇宙船持《うちゅうせんも》ちだったので、一戸建《いっこだ》て目指《めざ》して傭兵《ようへい》として自由《じゆう》に生《い》きたい 11

2023年10月10日　初版発行

著者／リュート

発行者／山下直久

発行／株式会社KADOKAWA

〒102-8177
東京都千代田区富士見2-13-3
電話／0570-002-301（ナビダイヤル）

編集／カドカワBOOKS編集部

印刷所／大日本印刷

製本所／大日本印刷

●お問い合わせ
https://www.kadokawa.co.jp/（「お問い合わせ」へお進みください）
※内容によっては、お答えできない場合があります。
※サポートは日本国内のみとさせていただきます。
※Japanese text only

Printed in Japan
ISBN 978-4-04-075154-2 C0093

新文芸宣言

かつて「知」と「美」は特権階級の所有物でした。

15世紀、グーテンベルクが発明した活版印刷技術は、特権階級から「知」と「美」を解放し、ルネサンスや宗教改革を導きました。市民革命や産業革命も、大衆に「知」と「美」が広まらなければ起こりえませんでした。人間は、本を読むことにより、自由と平等を獲得していったのです。

21世紀、インターネット技術により、第二の「知」と「美」の解放が起こりました。一部の選ばれた才能を持つ者だけが文章や絵、映像を発表できる時代は終わり、誰もがネット上で自己表現を出来る時代がやってきました。

UGC（ユーザージェネレイテッドコンテンツ）の波は、今世界を席巻しています。UGCから生まれた小説は、一般大衆からの批評を取り込みながら内容を充実させて行きます。受け手と送り手の情報の交換によって、UGCは量的な評価を獲得し、爆発的にその数を増やしているのです。

こうしたUGCから生まれた小説群を、私たちは「新文芸」と名付けました。

新文芸は、インターネットによる新しい「知」と「美」の形です。

2015年10月10日
井上伸一郎

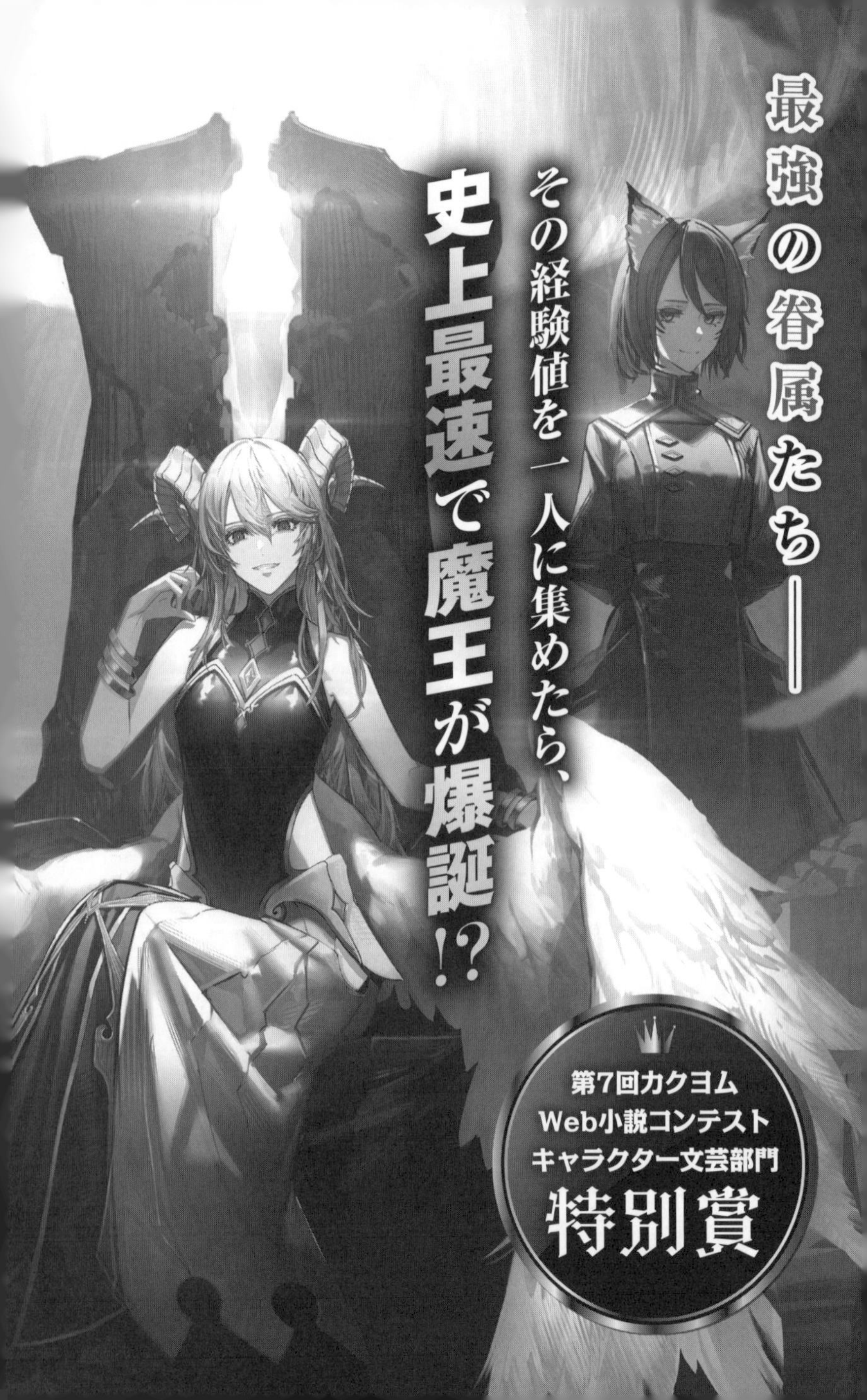

最強の眷属たち――
その経験値を一人に集めたら、
史上最速で魔王が爆誕!?
第7回カクヨム
Web小説コンテスト
キャラクター文芸部門
特別賞

シリーズ好評発売中！
黄金の経験値
the golden experience point
カドカワBOOKS
原純　illustration fixro2n
隠しスキル『使役』を発見した主人公・レア。眷属化したキャラの経験値を自分に集約するその能力を悪用し、最高効率で経験値稼ぎをしたら、瞬く間に無敵に!?　せっかく力も得たことだし滅ぼしてみますか、人類を！
コミカライズ企画進行中！
漫画：霜月汐

歩くたび増えていく
新しい出会い、新しいスキル
この世界で、
のんびり旅はじめます。
異世界ウォーキング
コミックス好評発売中！＆
講談社
「マガジンポケット」にて
コミカライズ
好評連載中!!
漫画：小川慧

異世界ウォーキング
シリーズ好評発売中！
あるくひと
[illust.] ゆーにっと
カドカワBOOKS
異世界に召喚された日本人、ソラが得たスキルは「ウォーキング」。「どんなに歩いても疲れない」というしょぼい効果を見た国王は彼を勇者パーティーから追放した。だがソラが異世界を歩き始めると、突然レベルアップ！　ウォーキングには「１歩歩くごとに経験値１を取得」という隠し効果があったのだ。鑑定、錬金術、生活魔法……便利スキルも次々取得して、異世界ライフはどんどん快適に！拾った精霊も一緒に、のんびり旅はじまります。

奇跡に詠唱は要らない――
気弱で臆病だけど最強な
魔女の物語、書籍で新生！

第4回カクヨム
Web小説コンテスト
キャラクター文芸部門
〈特別賞〉
憧れの後宮はトラブルだらけでした!?
新米宮女、医療チートで大活躍!
FLOS COMICにて
コミカライズ連載中!
漫画・shoyu
百花宮のお掃除係
転生した新米宮女、後宮のお悩み解決します。